Quiero escribir
pero me sale espuma

GUSTAVO SAINZ

Quiero escribir pero me sale espuma

AVE FÉNIX / SERIE MAYOR

PLAZA & JANÉS

Diseño de la colección: A.M.3
Diseño de la portada: Carlos Varela
Edición: Juan Guillermo López

Primera edición U.S.A.: Diciembre. 1997

ISBN: 0-553-06084-8

Composición tipográfica: Osmar Rojas Jacobo, *Grafitec*

Impreso en México
Printed in México

Para Alessandra Luiselli,
Claudia y Marcio Sainz

—Sí, una frase de Nabokov: "Dormía sobre el lado derecho para no oír su corazón... Una noche había cometido el error de calcular (atribuyéndose otro medio siglo de existencia) cuántos latidos le quedaban aún, y ahora la absurda rapidez de la cuenta retrospectiva le irritaba y aceleraba su ritmo haciéndole sentir que se moría."

—¿Se trata del tiempo?

—El Tiempo del tiempo. El Aion.

—¿El qué?

Philippe Sollers, *Le coeur absolu*

Después de buscarlo durante un par de horas, siempre en los alrededores de la Columna de la Independencia y la Embajada Norteamericana (Zona Rosa, Colonia Cuauhtémoc, Melchor Ocampo), lo encontré en el vestíbulo del cine Latino recibiendo cambio por algo que acababa de comprar en la enorme y circular dulcería. Él no podía verme. Y al mirarlo nadie diría que se trataba de un joven escritor aún sin libro publicado, pues nada lo denotaba. El escritor sin su obra, "forma suprema de lo sagrado" diría Barthes, "la señal y el vacío". Pero en fin, decía que para él yo era invisible, aunque por un momento creí que no pues en su rostro noté la expresión de cierto asombro. Pero no, era alguien que se acercaba detrás mío, que lo saludaba e interrogaba. ¿Has visto a Sarah? En su mirada vi entrar el recuerdo de la hermosa Sarah (graciosa, lánguida, quemada por el sol, sensual, escultural, casi mítica). Pero creo que la pregunta era otra. ¿Conocía a Sarah? Y sí, pero no, contestamos al mismo tiempo, o casi al mismo tiempo, ya que no puedo evitar repetir simultáneamente lo que dice, y a veces hasta me adelanto a lo que dice. Entonces el hombre (que era un poeta), siempre de espaldas a mí, describió que Sarah era su amante antes de que se casara con otro y que él la había desvirgado. Había mucho ruido alrededor, voces, gente cruzando. Que él sabía que nosotros éramos amigos de ella, bueno, él, y que inclusive nos vio en su boda, bueno a él, al poeta. Pero lo que ignorábamos era que el esposo organizó reponer el himen perdido. Sarah y el poeta no se habían podido volver a ver durante seis meses o más, y cuando el poeta volvió a verla supo que el marido nunca se había atrevido a poseerla sexualmente. El poeta entonces volvió a desvirgarla, como les corresponde a los poetas, y se fueron a vivir los dos a Puerto Escondido. Ella quedó embarazada y ya estaba por nacer su hijo cuando el marido auténtico los encontró. Al poeta desesperado lo habían metido en la cárcel y a Sarah la mandaron a Israel después de un divorcio al vapor. Pero el niño ya debía haber nacido y el poeta quería mucho a Sarah. Imagínate, dijo, es la única mujer a la que he desvirgado dos veces... Dos veces... Aquí algunas imágenes de Sarah, de su estatura, su ritmo, su impronta, sus vestidos vaporosos, sus mallas de colores, su respiración anhelante, sus grandes ojos soñadores. Radiante. Armoniosa. Grácil. El Poeta Desconcertado. Su Interlocutor Anhelante. Cambiaron direcciones y el poeta preguntó una vez más si se llevaba con Sarah todavía o conocía algunos amigos de ella que pudieran informarle dónde encontrarla, pues creía que ya estaba de vuelta en México. Pero, ¿deveras quieres encontrarla? Y poco después el escritor, ¿qué estás escribiendo? Y el poeta, ¿y tu novela? Para entonces otros muchachos de su edad habían llegado a su lado y ya era casi la hora de la función y entramos todos juntos a la sala de proyección, yo atrás de ellos, a ver *Harakiri*. ¿Una metáfora?

Al salir del cine los acompañé a una taquería. Saludaron al Cronista de la Ciudad, que apareció con una chamarra azul de capucha toda rota y jodida. De vuelta al departamento adonde vivían destacaba la avidez de sus miradas. Les fascinaba el espectáculo de las calles, podían oler el paso de esas noches y hasta parecían poner atención, de pronto, al discurso de las clases medias. Cruzaron Paseo de la Reforma corriendo, como si los persiguieran. En la esquina del hotel se dividieron en tres grupos. El joven escritor aún sin libro publicado se adentró en la colonia Cuauhtémoc con su amigo el joven actor. Entré con ellos en un pequeño edificio. Subimos dos tramos de angostas escaleras. El departamento me pareció más pequeño que su recuerdo, pero estaban allí los libreros, el tocadiscos, los muebles coloniales, las cortinas de manta listada, los cuadros del amigo pintor. En la recámara dos camas individuales y un buró. El actor dijo que quería dormirse temprano. Pero el escritor no paraba de hablar. Se lavaron los dientes y cumplieron con los ritos de antes de acostarse. Conversaban con entusiasmo de música, de libros, de autores, de películas, de mujeres, del significado de algunas palabras. Vi dar las tres de la mañana y las cuatro y seguía oyéndolos con interés. A las 4:20 apagaron la luz. Entonces me senté a los pies de la primera cama y empecé a mirar al joven escritor aún sin ningún libro publicado: demasiado imberbe, delgado, largo, huesudo, desgarbado, inquieto. Le costaba trabajo conciliar el sueño y cuando lo consiguió se abrió la puerta y entró su novia Beatriz. Ella le quitó las cobijas, lo despojó de su pijama, toda risas y hoyuelos en las mejillas, frescura, piel, y los dos entraron al baño ruidosos, felices, ella desnudándose, y se bañaron juntos. Después Beatriz preparó el desayuno y apenas se sentaron a la mesa apareció el joven actor restregándose los ojos, gruñendo, quejándose. Fueron al centro de la ciudad para recoger unos anteojos. Los habían prometido dos días antes y aún no estaban listos. El actor se despidió. Los acompañé a una oficina. Llegó furioso el Director del periódico. Volvió a descargar su ira sobre el hermano del escritor, a quien calificó de irresponsable e incumplido, e improvisó que esa vez anticiparan el suplemento de la semana entrante. A eso de las cuatro Beatriz y el escritor desfallecían de hambre y bajaron a comer. Hacía calor. Y entre los comensales la presencia de Beatriz causaba animación. Siempre comía muy despacio, masticando cada bocado un determinado número de veces que ya no necesitaba contar. Al principio sí. Creo que eran 36 o 65, o quizás hasta más. Hablaban de películas y de una novela italiana que los había impresionado mucho. Pero tuvimos que despedirnos de ella un poco más tarde y volvimos al departamento. El actor estaba acostado y su novia bailarina se estaba bañando. Salímos de allí muy pronto, pasamos por una librería y regresamos al periódico. El actor y su bailarina estaban por separarse. Era notoria la incomunicación entre ellos. Y la chica lloraba todo el tiempo, incluso en lugares públicos. Más noche nosotros teníamos tres pesos, el actor 10 y ella 12 000. Sin embargo, cuando fuimos a cenar a un restorán la bailarina no se ofreció a pagar. Aceptó un cheque del actor bueno por 50 y se lo cambió a regañadientes. Los dos muchachos desasosegados, la bailarina incómoda. La acompañaron hasta su coche y deambularon un rato por la Zona Rosa. La ciudad les parecía una novela. Y de entre todos sus capítulos las librerías eran los más hermosos. Allí los dejé: casi estupefactos. Frente al aparador de Dalis, S. A., casi disfrazados de pie de página. O de erratas, dirían si me escucharan. O mejor de prólogos, de epígrafes, de subtítulos... Miraban libros de lujo, portadas de discos que les gustaría comprar, novelas de moda en otros países, pequeñas obras de arte. Yo me alejé un poco y noté que los enormes paraguas de cemento frente a la Embajada Norteamericana y el Hotel María Isabel ya no estaban. Que el edificio adonde vendían las agujas para las tornamesas tampoco existía. Y que el estacionamiento que construían en Río Tíber tenía un letrero y necesitaban todavía 307 días para terminarlo. Mientras tanto ellos, frente al aparador de la librería Dalis, soñaban en oír todos esos discos, en leer todos esos libros, en mirar todas esas obras de arte. Y se desesperaban internamente, un poquito, con la confianza que les daba tener *todo* el tiempo por delante. Porque además, se creían inmortales.

Cuando entro de nuevo en el departamento, el joven escritor está leyendo y su amigo arquitecto teclea laboriosamente en la máquina. No me perciben, aunque me gusta pensar que sienten una como presencia. Qué cursi. Me asomo para ver qué escribe. Hay un disco de bossa-nova girando en la tornamesa.

Pues nada, que veo la máquina tan sola y abandonada que me dije a mí mismo (Arquitecto): ¡Oh!, una carta para el buen Crismer... Aprovechemos para decirle tres o cuatro cosas y enviarle desde la Patria un saludo (frase hecha)... Y héme aquí ante la susodicha máquina escribiendo a dos palabras por minuto para ti, para ti, para ti... Sin ti la ciudad se ve vacía, y la luz no brilla, etc., etc. Para tu control, fíjate que el otro día fui a buscar a tu amigo escritor a casa de su Crismer y todas las niñas de la calle, no sé por qué, me decían ¡Archifenomenal! ¡Archifenomenal! No sabía si era yo el archifenomenal o qué carajos... ¿Por qué?, les pregunté. Éjele, usted es el del anuncio de gelatinas Royal... Y sabes que ya me estoy cansando de estas confusiones, de esto de tener que repartir autógrafos y besar a todas tus ex admiradoras que se me paran enfrente jurando y perjurando que soy el del anuncio de gelatinas. A propósito de gelatinas, me ando ligando a una niña nueva, y seriamente hablando ahora sí ya definitivamente finiquité todos los nexos pendientes con mi Crismer, para bien o para mal, pero ya pasó todo. Sin otro particular, me voy porque me cierran el cabaret, recomendándote que ya dejes tu vida de crápula y perdición y pecado y juergas y francachelas con tus amigotes que a nada conducen, tal parece que estuvieras ya empezando tu vida de libertino, yo aquí con el alma en un hilo y tú no eres ni siquiera bueno para un aquí estoy, madre, no voy a venir a dormir, hombre, siquiera avisa, no que aquí me tienes con el Jesús en la boca pensando que algo te pueda pasar, ya ves que las *desgracias están a la vuelta de la esquina, ahí tienes al hijo de tu tía, que se salió sin avisar y le metieron un cuchillo entre cuero y panza, y peor con eso del Carnaval y de Ruiz Cortínez, sólo el Diablo sabe dónde andarás metido* (fragmento tomado de las Memorias de Doña Margarita o Biografía de la madre de un artista *(yo))*. *Bueno, ahora sí deveritas ya me voy, porque como has de imaginar ya me tardé como tres horas en escribir estos quince renglones. Tengo, deveras, muchas ganas de seguirte platicando, aunque sea pendejadas, como dijo Cherloc Jolmes:* Yes, we have no bananas today, *esto es El tiempo es oro. Y así, al compás del pato que iba cantando alegremente, y recordándote imitando al gran João, hago mutis. Manda fruta. Y que cojas de todo menos resfríados.*

A las 12 de la noche sonó el teléfono y era el actor, que iba a quedarse a dormir en casa de la bailarina. ¿Y mañana qué piensas hacer? El actor le preguntó de cuánto dinero disponía. Uy, como de nueve pesos (mientras lo contaba y llegaba a 9.60). Bueno, él tenía cinco y con eso podrían ir a remar otra vez al lago de Chapultepec. A las siete de la mañana pasaría por él. Pero cuando llegó el actor no encontraron la cartera con los 9.60 que el joven escritor que aún no había publicado ningún libro creía haber dejado sobre la mesa. ¿O en el buró? Creyó que era una broma del actor. Pero tampoco encontraba sus llaves, y de pronto, su amigo actor descubrió la agenda en la cocina. Sí, era la suya. Ya habían perdido media hora y el escritor se afanaba en deshilvanar las causas por las que el actor actuaba así. Su agenda no debía estar en la cocina. La noche anterior no recordaba haber entrado allí y mucho menos para dejar su agenda. Finalmente salieron. No se veían malhumorados, sino animosos, dicharacheros, irreverentes. Alquilaron una sola lancha y remaron media hora cada quién mientras hablaban de los nuevos rumbos del teatro. Escuchar las imágenes, ver las palabras, tocar la música. Al terminar subieron al embarcadero para beber unos jugos, el escritor nuevamente preocupado por hallar sus llaves y organizando mentalmente su búsqueda. En el pequeño edificio donde vivían, el actor se adelantó y el escritor subió poco después que él. La portera estaba como de guardia a la puerta. Joven, lo sorprendió: ¿qué no se metió el ratero a su departamento anoche? Sintió una conflagración estomacal, que se le aflojaban las piernas. Entró precipitadamente y empezó a notar muchas cosas fuera de sitio. El banco del piano todo revuelto y a media sala. El actor no lo había hecho. Se veía preocupado también, pero tenía que irse. Debían cambiar las chapas. ¿Con qué dinero? El actor le dio 50 pesos y se despidió. Poco después llegó el cerrajero y se llevó las chapas. Aseguró que tardaría una hora y dilató tres. En ese tiempo el escritor notó que habían desaparecido una pluma estherbrook y una parker, sus tijeras, su rasuradora portátil, sus mancuernillas, su cartera y sus llaves. De casi todo podría recuperarse más tarde que temprano. La llave del apartado postal en la Administración Central de Correos, por ejemplo, ¿cuánto tiempo tomaría para que le hicieran un duplicado? Se sentía pálido y vulnerable. Comprobó que el ladrón había entrado por la ventana de la cocina. Había dejado huellas. Seguramente saltó de la ventana del pasillo a la de la cocina, que estaba siempre abierta. Había saqueado el departamento Uno. Los maricones del Cuatro lo descubrieron en su baño a las 3:30 de la mañana, en el momento en que saltaba al interior. Lo balacearon pero naturalmente no le dieron. Ahora sí que de seis balazos ninguno. ¿Afortunadamente? El escritor no había escuchado nada. El ladrón entonces había saltado de la ventana del baño a la de las escaleras y huyó. Ni siquiera habían logrado verle la cara. En eso tocó el cerrajero y dijo que eran 70 pesos por las dos chapas y tres copias de cada llave. Sonó el teléfono y eran los de Olivetti, que se había atrasado con el pago de su máquina de escribir, 1 650 pesos. Él les pidió paciencia. La portera aprovechó la confusión para cobrar la renta. El escritor le prometía al cerrajero completarle el pago esa misma tarde. Le entregaba 50 pesos a cuenta, deveras. Y empujó un poco a todos fuera del pequeño departamento y cuando se quedó solo trató de sacudirse el miedo, la angustia, ese nerviosismo, esa desesperación. Le hice ver el reloj despertador. Eran casi las 12:40 y Beatriz, en ese momento, abría la puerta. Él no tuvo que forzar nada: su expresión era a tal punto desamparada que ella se precipitó a abrazarlo, y él correspondió a ese abrazo, a esa temperatura, a esos volúmenes, a ese cariño, a esa juventud, a esas formas, a esa solidaridad, emocionadamente. Como un náufrago. Como si hubiera estado más que muerto y por ese apapacho resucitara.

Antes de salir del departamento se volvió a ver la mancha de clarasol que la portera había tirado a mitad de la alfombra. Parecía el mapa de Australia. Al actor le habían abierto el coche. Le arrancaron una aleta de cuajo y le robaron su saco con su chequera, sus llaves, su agenda, su licencia. Un pintor y su inquietante esposa se habían quedado a dormir con él, y los tres se reunieron con otros amigos y salieron de día de campo. Luz de domingo, calma de domingo, ruidos de domingo. Mientras él hablaba maravillas de Beatriz, ella apareció. Estaban también la bailarina, el arquitecto, el actor. Montaron a caballo. Se tiraron por una helada resbaladilla. Subieron a toda clase de juegos de feria. Nadaron y jugaron carreras y luchas de hombres contra mujeres. El actor era el mejor atleta, luego Beatriz y la bailarina, que no se quedaba atrás. Parecían amazonas. ¿Y por qué no hacer una novela sobre ese lugar? Familias satisfechas luciendo sus viandas y sus manteles. Niños vestidos como para un desfile de modas en El Palacio de Hierro corriendo a llenarse de lodo en los alrededores de una cañada. Jóvenes uniformados como montañistas. Automóviles como naves estrambóticas entre los árboles retorcidos. Pero, ¿qué decía la naturaleza? Había leído tantas páginas en las que se contaba cómo los amantes hacían el amor sobre las hojas y el pasto... Qué incómodo tendría que ser... Pero por lo menos allí, en su derredor, todos tenían comida y bebida en abundancia. Todos sonreían. Una viejita repasaba con los dedos las cuentas de un rosario. El escritor sostenía a Beatriz sentada en sus piernas y se aferraba a su cintura, como impidiéndole cualquier escapatoria. Ella era su rosario y la acariciaba con devoción religiosa. No sabía que montabas tan bien, le dijo a la bailarina por hacerle un cumplido. Y cómo no, si estoy acostumbrada a montar caballos pura sangre... Y desencadenó su risa de teatro. Soplaba un poco de viento y los árboles se movían con calidad de luz. No habían visto animales. Por un momento hasta se quejaron de una especie de nostalgia por los animales. Ardillas, castores, conejos, mapaches, cuervos, halcones, chivos. Habría que ir a buscarlos al zoológico. Cuando el sol perdió fuerza empezaron a guardar los trastos y les sorprendió ver rocío sobre los techos de los coches que habían quedado a la sombra. Pero el escritor aún vivía la sensación de haber pasado un día enorme de alegría, un día dilatado de afirmación y complicidad. Y quería defender esa alegría, esas sensaciones, mantenerlas un rato más: su símbolo era el caminito entre los árboles, ligeramente sinuoso, de tierra apisonada. Ninguno de sus enemigos pasaría nunca por allí. El murmullo de los árboles, en el que los griegos creían oír la voz del oráculo, tampoco decía nada, no necesitaba decir nada, sólo murmurar, susurrar, secretear, vibrar. Pero no había nada que interpretar ni dilucidar ni demostrar. Sólo estar, seguir, mantenerse allí, bien despiertos. Los árboles murmurando. En todo ese domingo él no había podido escribir. Cuán absurdo parecía escribir. Algo así como la decadencia del querer, la pérdida de sus poderes, la caída en la soledad y en el aislamiento. En su pecho se ensanchaban ramas de árbol.

Estábamos en la oficina de redacción y entraron dos hombres preguntando por el escritor. El mayor de ellos dijo que había venido desde Uruapan y era doctor, quería agradecerle una nota que había publicado sobre un libro de cuentos suyo. Conversaron animadamente, como si fueran viejos conocidos, y el joven terminó invitándolo a su departamento esa misma noche, a las ocho. No contaba conque iban a despedir ese día a su hermano, que era el jefe de redacción y que él tendría que asumir todo su trabajo. El doctor y su amigo llegaron al departamento a las ocho. Afortunadamente estaba el actor y él los entretuvo con facilidad. El escritor llegó a las 10, abrumado de vergüenza, y los cuatro salieron a cenar. Al día siguiente el escritor acompañó al doctor al ISSTE para cobrar una factura. En Michoacán tenía ocho farmacias y allí surtía recetas del Seguro Social y del ISSTE, que luego les cobraba a esas instituciones. Fueron a comer juntos. El doctor de 45 años parecía deslumbrado por la vida del escritor de 20. O el provinciano de Uruapan miraba con ánimo entomológico la vida de un chilango que se las daba de intelectual. O el escritor pobre veía con envidia y nostalgia el despliegue de riqueza de ese galeno. Al cuarto o quinto día el doctor le prometió regalarle los muebles que faltaban en el departamento. El refrigerador, por ejemplo. Una silla reclinable para escribir. Y amenazaba con no irse de la ciudad si el escritor no lo acompañaba a Uruapan. Pero, ¿cómo ir hasta allá con trabajo doble por hacer en la oficina? Iban juntos a librerías e incluso a una sesión del Centro Mexicano de Escritores, en la calle Río Volga. Caminaban no muy lejos de allí y notaron que el Sanborns que estaban construyendo donde antes había una distribuidora Ford, se inauguraría a fin de mes. En la esquina de Lerma y Danubio, en el antiguo solar de las ratas, estaban cimentando un futuro edificio. El Café Lerma había desaparecido. Al doctor parecía encantarle ese tipo de conversación. Le fascinaba ser señor de los dos mundos. La provincia y la capital. Hablaron también de las nuevas novelas publicadas, de sus proyectos literarios y de sus ambiciones como escritores. El capitalino le presentó a todos sus amigos del medio cultural. El doctor los invitaba a centros nocturnos de lujo. Iban el escritor y Beatriz, el pintor y su esposa, el actor y su bailarina. Pero la bailarina se aburría en semejante compañía, no se explicaba cómo, si eran tan cultos, hablaban nada más de frivolidades sin importancia. Jugaban a Mr. Lalo Detective hasta que amanecía. Beatriz siempre descubría al asesino, el lugar del crimen y el arma antes que cualquiera. Había que deducirlo todo a partir de lo que decían los demás, que podían mentir si querían, que casi siempre mentían. La bailarina ganó el tercer juego y Beatriz todos los demás. Un joven dramaturgo los acompañó algunas veces, pero tuvo que viajar a Puebla. Hasta que llegó el día en que el doctor debió irse, pues tenía muchos negocios que atender, pero hizo prometer, casi jurar, que el escritor iría a visitarlo a Uruapan tan pronto como fuera posible. Uruapan… En esa época el escritor creía que fuera de México todo sería Cuatitlán. Esa noche el pintor y su esposa se fueron a vivir con el escritor por una semana, porque el actor y su bailarina se iban de gira. Al escritor le gustaba esa otra pareja porque se veían felices, satisfechos, contentos. Y así apaciguaba su desasosiego.

Se sentía indescifrable para sí mismo y quería ser legible para todos. Los árboles del domingo le servían para sus notas de hoy. Sus sombras eran verdes y blandas, oscilaban sobre la tierra que todavía retenía la humedad por la vuelta que le acababan de dar. O mejor: los árboles constituían una larga empalizada a lo largo de la carretera y sus copas se fundían, no, se tendían, no, se diseminaban... Mejor: la hierba verde y amarilla todavía brillaba por el rocío y la tierra humeaba bajo la luz de esa hora. Sus cristeros de nombres rurales: Melitón, Epifanio, Teodosio, Dimas, Chema, Victorino, Maximiliano, Panchito, Celestino y Sabino trabajaban en ese paisaje y golpeaban unas vías de tren con zapapicos y palancas improvisadas. ¿Tendría que individualizarlos a todos? ¿Y cómo escapar del rasgo físico reprensentativo, grotesco? Es decir ¿cómo representarlos al margen de panzas, greñas, bigotes, calvas, narices ganchudas, labios leporinos, orejas de murciélago, ojos color cobalto, huaraches, botas, tartamudeos o voces aguardientosas? Se acercaban las mujeres con la comida. ¿Enrebozadas? Llegaban más hombres. Onomatopeyas, ruidos de hierro contra hierro, de madera contra hierro, de durmientes contra el suelo, de picos contra la tierra húmeda. Quejidos, sudores, hedores, palabrotas, conversaciones circunstanciales. El lento camino de la luz por el firmamento. Después de un buen rato, muchas hojas desperdiciadas, algunos tachones: la página escrita, colmada, cebreada. Una paz perentoria. Quería plantear los preparativos para el descarrilamiento de un tren federal. Todo debería quedar listo al anochecer. Los hombres se esconderían. A ellos les decían los huarachudos, los comevacas, los descamisados... A lo lejos se escucharía el silbato del tren. Este proyecto, mientras avanzaba, se titulaba *Trenes a punto de descarrilar*. En otra carpeta quería terminar el asalto a una iglesia. El baile del soldado con la estatua de una virgen mientras afuera de la iglesia fusilaban a un centenar de campesinos. El coronel Mano Negra ultimando a un soldado que traía al cuello un escapulario. En otra sección, en los patios de San Ildefonso, entre corrillos de estudiantes, el escándalo, la aprobación o desaprobación de la nueva cátedra de Teología. Los que decidían entrar y los que impedían la entrada. El titular de la clase asustado, pálido, tembloroso, desencajado. Una mujer decía que había que rebautizar todos los lugares con nombres de santos. Un gordo, que debía iniciarse una guerra de extenuación. Orozco aún trabajaba en los murales del tercer patio y miraba con dureza un andamio roto, con un grueso pincel en su mano sana. A mí me corrían de las iglesias porque me reía y de los prostíbulos porque rezaba. No sabía aún quien diría algo así ni dónde habría oído esa frase con anterioridad. D. H. Lawrence en Oaxaca. Querer escribir. Qué absurdidad. A veces le dolía la espalda. Lo sorprendía cierto desamparo. Pero al criticar o rechazar su juego, ya estaba en el juego. Se quedó mirando la fotografía del desfile deportivo de 1926, en la que sobresalía una manta vociferante: UN GIMNASIO EN CADA IGLESIA. Pero del fondo de su conciencia parecían partir varias órdenes: No escribirás. Seguirás siendo libre. Guardarás silencio. Desconocerás las palabras. Enrédate, complícate con las palabras. No te encadenes nunca a las palabras. Pero él pensaba muy adentro, muy en el fondo, que sólo conocía palabras, peor aún, que no conocía nada sino palabras... Escribe para no decir nada, seguía su detractor. Escribe para decir algo, le susurruba yo. Una obra real, la novela de la década, escuchaba por otra parte. Un libro trascendente, importante, definitivo, seguía la voz. Y yo: ninguna obra, sólo tus vivencias, tus prejuicios, tus sueños, el deseo de conocer lo que desconoces. Escribe para actuar, seguía la voz. Escribe tú, que tienes miedo de actuar, le recordaba yo, tú que tienes miedo de amar, tú que tienes miedo del mundo... Inmundo... Tu que piensas lo inmundo del mundo. La noche afuera era demasiado joven, demasiado poca nocturnidad.

Lo perdí durante algún tiempo y volví a encontrarlo cuando volvió de Michoacán. Venía deslumbrado por la majestuosidad de Morelia, por el encanto dieciochesco de Uruapan, donde sólo desentonaban los automóviles y los postes con el cableado eléctrico. Hablaba con entusiasmo del río que nacía allí mismo y se llamaba Cupatitzio; de una roca con una oquedad a la que llamaban La Rodilla del Diablo, de una cascada como del comienzo del mundo bautizada Tzaráracua. Bah, le decía el actor, todo estará lleno de basura. No, defendía él, está todo muy limpio, muy bien conservado, son muy conscientes. Pero se llenará de basura, ya verás. Describió la casa del doctor, con tres patios bordeados de macetones y mucho sol y habitaciones, gruesas paredes de piedra, cierta humedad. Lo único que desentonaba era la ropa de la gente. Debían haber estado vestidos como en la película de *La monja alférez*. La comida era increíble, de chuparse los dedos, deveras. Pensaba quedarse varios días pero lo llamó el Director del periódico, que lo necesitaba inmediatamente y debía regresar. El camión había hecho 10 horas. Salió de allá a las nueve de la noche y había llegado a las siete de la mañana. Durmió gran parte del camino. Venía leyendo *Entre las patas de los caballos*, de Rivero del Val. Fue a la escuela de Beatriz para que le prestara sus llaves y poder acicalarse en el departamento. Hasta allí llegaban los ruidos de un kínder que se veía desde las ventanas. La maestra hablaba del origen de los seres humanos en el cristianismo. Describía a Luzbel y dramatizaba mucho (escuela Teatro de Chespirito). Decía iiiinnnnnffffieeeeerrrrrrnooooo, engrosando la voz. Y cuando los ángeles buenos expulsaban a los malos los niños gritaban de entusiasmo y aplaudían. El actor lo escuchó durante un buen rato y cuando pudo intervenir le dijo que había terminado con la bailarina, después de una gran pelea. El escritor lo había llamado todos los días sin suerte y deducía que no había estado en el departamento ni una sola vez. Ahora lo comprendo todo, pontificó: estás amargado. La bailarina tenía una belleza teatral, algo así como que se le veía el miedo de parecer fea, no esbelta, distraída, normal. Miedo de ser normal. Pero la casa del doctor lo había fascinado. Le habían propuesto que fuera allí a pasar su Luna de Miel... Si se casaba pronto... Mosaicos, paredes blancas, vigas a la vista, enormes ventanas enrejadas. En Uruapan había 170 000 habitantes y los principales se conocían entre sí, lo que no dejaba de tener sus bemoles, porque, fíjate, decía el escritor, que los católicos ortodoxos del lugar ya le retiraron el saludo a mi amigo el doctor porque en su libro predominan los temas sexuales. Y peor, como hay un cuento que describe a dos populares rancheros de los alrededores, éstos lo han amenazado de muerte, aunque no han leído el texto, ni falta que les hace. ¿Y ahora? Existían momentos en los que necesitaban pedir ayuda, pero ¿a quién? Y al escritor lo esperaba un trabajo de minero azteca. ¿No quieres ayudarme? ¿Qué tendría que hacer? Debes leerte 20 libros y escribir pequeñas evaluaciones de cada uno. ¿En cuánto tiempo? Para hoy en la noche, antes de las nueve. Cuando salían la sirvienta les prometió que iba a quitar la mancha australiana que había provocado en la alfombra. No va a poder, comentó el actor. Ya cásate, le dijo su amigo escalereando delante suyo.

Unos días después el actor consiguió un trabajo en la nueva revista del cabaret Can-Can. Iba a trabajar con una deslumbrante belleza como dama joven y ganaría 259 pesos diarios, aunque si el espectáculo duraba más de tres meses, le aumentarían a 400 diarios. Terminó definitivamente con la bailarina y se frustraron sus ganas de entrar en Televicentro. Beatriz apareció por la mañana y juntos salieron a una librería. Allí el escritor se encontró con su hermano, que había pasado por el apartado postal y recogido dos cartas de su amigo de Brasil. Sus vecinos le habían dicho a la esposa de su hermano que el escritor se había ido a Europa para no comprometerse con Beatriz, que el padre de Beatriz lo andaba buscando para pegarle y otros chismes igualmente absurdos. Le pidió que no recogiera su correspondencia. Había una invitación del ex presidente, licenciado Alemán, que lo convidaba a una cena de toga en el hotel María Isabel porque iba a recibir su título de Doctor en Letras. El escritor pensaba disculparse porque no tenía toga, y además lo intimidaba la oferta, ya que podría tratarse de una broma de muy mal gusto. Beatriz le había fingido un apasionado orgasmo y aunque poco después lo confesó, el escritor se sintió pésimo, la regañó y se hundió en franco malhumor. Beatriz lo besuqueaba traviesamente hasta que consiguió desvestirlo e hicieron el amor de nuevo y todo salió bien. Eso había pasado hacía un par de días y ella seguía haciéndole burla y él seguía molesto. Lo llamaba Caca Aguada y Aborto Degenerado. Afirmaba que no sabía que era tan berrinchudo, tan cascarrabias, tan cagatintas. Pero también habían despedido definitivamente del periódico a su hermano y él pasaba a ganar un mejor sueldo al ocupar su puesto. Planeaba ir a la Casa del

Lago con todo su equipo para ver un espectáculo de Juan José Gurrola. De allí pasarían al cine club para ver *Un rostro en la muchedumbre*, de Elia Kazan, y más tarde para tratar de alcanzar *Il Sorpasso*, con Vitorio Gassman, que era la película de moda. Entre broma y broma Beatriz lloraba porque las pruebas de primer ingreso para entrar en la Facultad estaban dificilísimas, empezando por la sección de español, y eso sin hablar de matemáticas...

Escribía a diario para ejercitarse, como se ejercitan los deportistas, pero comprobaba a diario que en vez de escribir mejor, escribía peor. Cada día que pasaba, cada día que crecía, cada día que se acercaba más a cierta clase de madurez, peor sabía pergeñar adjetivos, sustantivos e ideas. Pensaba en esto, murmuraba esto mientras se rasuraba con su rasuradora eléctrica. El actor había salido a desayunar y no escuchó que Beatriz tocaba el timbre, porque además del ronroneo feroz de la rasuradora, tenía a buen volumen un disco del Modern Jazz Quartet. El actor se encontró a Beatriz y le prestó sus llaves. Subió enfurecida. Estaba tan fuera de sí que asustaba. Y aunque el escritor trataba de hacerle ver que no había por qué enojarse, ella siguió así todo el camino hasta la Casa del Lago. La obra resultó muy divertida y plena de buenas intenciones. Tenían muchas ganas los bailarines de bailar y bailaban a cómo les daban su energía y experiencia, que no era mucha, y lo mismo pasaba con la música y las canciones. Pero aplaudieron el esfuerzo. Estaban juntos el dramaturgo y su mujer, el actor y su bailarina (que había ido por su cuenta), el pintor y su esposa, Beatriz y el escritor. Sobre la esposa del pintor todavía tenía ingerencia la madre. De manera que porque la madre se opuso, ellos no pudieron acompañarlos al cine. La bailarina quería ir a casa de una tía y le pidió al actor que dejara que nos fuésemos. Eso bastó. Beatriz se sintió ofendida, aunque la frase no fue dicha en tono de ofensa. Beatriz se enfurruñó. ¿Quién es la enojona?, trató de bromear el escritor. Uy, pero echaba humo. Fueron a tomar una nieve y pagó él, a pesar de que la bailarina pidió unos cigarros y pagó con un billete de 500. Se despidieron y fueron a casa de Beatriz en un taxi. En cuanto bajaron Beatriz gritó que no soportaba a la bailarina y que no quería ir a ninguna parte con ella ni volver a verla nunca. El escritor trataba de calmarla. Avisaron que comerían en la calle y que planeaban ir al cine club. Beatriz se mordía los labios muy fuerte y en el nuevo taxi se tiró de los cabellos completamente enloquecida. ¿Dije ya que sus cabellos eran muy largos, lacios, muy negros? Trató de besarla y su saliva sabía amarga. En el restorán se negó a comer y prohibió que la tocara, que le hablara, que la mirara. La bailarina había estado hablando tonterías. Que le gustaba más salir con su mamá que con el actor porque su mamá le decía a cada rato que era maravillosa, que era guapísima, que era esbelta, sensual, misteriosa, inteligente, desconcertante... Y claro, el actor nunca le decía nada de eso. Que no comprendía como ni Beatriz ni el escritor no hablaran de libros. A Beatriz se le atragantó la nieve. Y luego todas esas escenas que la bailarina provocaba para mostrar su dinero, como comprar unos cigarros de a peso con un billete de 500. Fueron al cine y salieron con el pintor y su mujer. Ellos los acompañaron hasta casa de Beatriz. Cuando se quedaron solos Beatriz empezó a gritar con las manos crispadas que le dijera que ya no la quería, que ya no iba a salir con él y que iba a suicidarse. El escritor, que se sentía inseguro de escribir con coherencia, temía ya estar impedido hasta de hablar coherentemente, pero así y todo, durante un tiempo fuera del tiempo, durante horas o días o meses, le dijo que eran demasiadas nueces por tan poco ruido, que las relaciones estaban por encima de esos disgustos, que la gente debía gozar del derecho de sus diferencias, que a lo mejor estaba tan irascible porque no había comido en todo el día, que aceptara comer algo antes de despedirse. Y quien sabe cómo serían las palabras o las caricias, o los impulsos eléctricos, Beatriz terminó por aceptar y caminaron hasta una taquería. Luego fueron al departamento e hicieron al amor. Y de *post-coitum*, exhaustos por tanta violencia, por tanta conflagración, por tanto ir y venir, por tantos sudores y sinsabores, Beatriz empezó a decir que se había equivocado, que comprendía que no podía odiar a la bailarina, que no la odiaba, que incluso la quería, que pensaba ofrecerle disculpas. Y el escritor no comprendía cómo alguien tan regalado de dones, cifra de salud y belleza, podía tener tanto miedo, tanta ira, tanto odio, tanta mala voluntad. Cómo alguien así podía ser, en suma, tan desconocida, tan imprevisible, tan ajena. O no era Beatriz, sino el mundo, o no el mundo, sino esa ciudad, la que ya no era más una ciudad de esperanza y futuro, sino una ciudad cerrada para siempre, condenada a la injusticia, la irracionalidad, la corrupción y la culpa.

Llamaron de la compañía de teléfonos con un ultimátum: que debía ir a pagar su adeudo si no cortarían el servicio. Dos llamadas a Brasil, 194; tres a Estados Unidos, 127; una a España, 180; 384 llamadas adicionales... Uf... En fin. Al actor le sorprendía cuántas veces sonaba el teléfono y cómo hablaba el escritor. Por otra parte quizás le quitarían la máquina de escribir. También se había atrasado un par de meses con los pagos y no tenía para cuando poder hacerlos. Pero no le preocupaban esas deudas, sino otro nuevo problema, y éste con mayúsculas. El próximo fin de semana la familia de Beatriz dejaría su casa en la colonia Nápoles y se cambiaría a Olivar del Conde, arriba de Las Aguilas, allá donde habían inventado la frase "Tarzán perdió su cuchillo". No había autobuses hasta ese lugar, excepto unos foráneos que hacían dos viajes al día, de Olivar del Conde a Mesones, cargados de gallinas, verduras y fruta. Se cambiarían allí porque les regalaban la casa y porque debían ya cuatro meses de renta por el departamento en la Nápoles, donde, además, tenían ya confictos con todos los vecinos. El problema no era que pudieran o no cambiarse, sino ¿cómo iría Beatriz a la escuela? Su familia le propuso que se quedara a vivir con una tía que vivía detrás de la Basílica, pero Beatriz prefería vivir con el escritor, allí en la Cuauhtémoc, y eso la tenía más que nerviosita. Ayer hablaban de eso y el escritor, de pronto acorralado, le propuso a-boca-de-jarro que se casaran. Ella Se Puso Feliz. Él Asombrado. El problema empezaba porque ni el Director del periódico ni su amigo librero aprobaban el matrimonio. Ni el actor, que tenía confianza en su futuro y le advertía que cuando fuera escritor famoso tendría muchas mujeres. Hasta la portera de su edificio y el peluquero opinaron que no se casara. En cambio las parejas estables los empujaban. ¿Qué opinión seguir? ¿Cuál voz oír? Se sentía en el epicentro de la confusión. ¿No debería ser la claridad su ley? Sí, sobre todo La Claridad. Debía salvar a Beatriz pero el matrimonio lo ahogaba aún antes de celebrarlo. Debía justificar su amor y firmar un documento que lo condenaba. Debía tener control de la situación y se sentía el origen, el centro, el papá de todas las confusiones. Tendría que empadronarse y sacarse unas fotografías para regularizar su cartilla. Por otra parte Beatriz era guapísima e inocente. El actor y la bailarina se habían reconciliado. Escribe, le susurré una vez más, tú que no sabes qué hacer; deja hablar en ti a todas las voces, desahógate… Pero cuando llamó a

Uruapan para describir sus dilemas al doctor, éste le recomendó: no dejes que nadie piense por ti, que nadie hable por ti, que nadie decida por ti. Cásense y vénganse a Uruapan a pasar su Luna de Miel... Acá los festejaremos como se merecen... ¿Y usted? El doctor se oía preocupado. Recibía nuevos y más feroces mensajes anónimos con amenazas de muerte. Perro que muerde no ladra, dijo el escritor, ¿y si ya estando allá me matan a mí creyendo que eres tú? A su edad todavía se podía reír de todo. Sus asuntos iban a seguir muy José Revueltas durante un buen tiempo. Él se prepararía con honestidad y pasión. En su círculo actual tenía pocos, casi ningún estorbo fuera de él. Pero dentro de sí intuía que todavía padecía muchísimos más conflictos que los que podría manejar...

Quetzalcóat, al ser la Estrella de la Mañana, era el reconciliador de las polaridades cósmicas hombre-mujer, noche-día, juventud-vejez, blanco-negro, cielo-tierra. Su llegada se celebraba con himnos apocalípticos estilo capilla y con bailes al son de tambores prehispánicos, sermones y vedas en prosa. D. H. Lawrence elaboraba todos estos rituales para Ramón, uno de sus personajes, quien asumía el movimiento renovador de la fe y quería que los teutones regresaran a Wotan y los irlandeses a Tuatha De Danaan. Rezaba desde sus ganglios lumbares mientras su esposa, devota católica, lamentaba sus frustraciones, lo amaba como una madre y sufría por el abandono de Jesús Nuestro Señor. Ramón celebraba el carácter emergente de la eternidad, esa cuarta dimensión en la que brote, raíz y flor serían una misma cosa. La esposa moriría como la vieja fe y el viejo estilo de matrimonio. El retrato de Ramón era un poco el retrato del arqueólogo Manuel Gamio, quién descubrió las cabezas de Quetzalcóatl que Lawrence logró contemplar en Teotihuacán. Por otra parte Kate Leslie se acercaba al indio Cipriano, que era el fundador del nuevo culto a Quetzalcóatl, para rechazar así a sus amigos norteamericanos por mecánicos falsamente tolerantes, falsamente eficientes, incapaces de percibir el verdadero mal "parecido al reptil". Kate no quería que nadie la tocara y se negó a unirse al Ejército de Salvación Mexicano. Se casó con Cipriano en una ceremonia que sería legalizada muy pronto. "Este hombre es mi lluvia desde el cielo... Esta mujer es la tierra para mí..." Ambos veían la Estrella de la Mañana. Ella creía en un pequeño abismo necesario entre una persona y otra, abismo que cerraban la mayoría de las mujeres con sus ambiciones egoístas y sus intereses mezquinos. También creía en la necesidad de cada uno de estar en contacto directo con el cosmos. Sin embargo, el primitivismo de Cipriano la condujo al "antiguo misterio fálico" que para las mujeres era un "misterio de sumisión, de sumisión absoluta". Ella se convertiría en un valle de sangre complementario al cetro sangriento de él. Y su satisfacción en esa situación sería más profunda que cualquier orgasmo. Cipriano no aprobaba el orgasmo femenino. ¿Cuántas culturas aún no lo aprobaban? Era un hombre amargado, viejo, iracundo, que ya había dejado de tratar comprender el mundo y que observaba todo con una mirada desconfiada y celosa. Después de todo ¿qué importaba el orgasmo? ¿Era el acto sexual un sustituto de la masturbación? Cuando Freud hablaba de un "quinismo sexual" y trataba al orgasmo como una descarga de tensión, era difícil no pensar en sus compañeros de generación, que en los burdeles de la calle Mesones ni siquiera se quitaban los pantalones para hacer el amor, pues efectivamente sólo se trataba de llegar a "la descarga". Ya se empezaba a hablar del orgasmo como una tranquilización, un desencanto, una cosificación injustificada de la sexualidad... Se le estaba demonizando... Y de pronto Lawrence parecía tan dogmático, tan anticuado, tan romántico, tan candoroso, tan insatisfecho, tan desesperado, tan ingenuo que hasta se parecía extraordinariamente al joven escritor aún sin libro publicado.

El padre de Beatriz se confundió tanto con la eventualidad del matrimonio que empezó a gritar y arrojar lámparas y platos contra las paredes. La madre se oponía a que le dijeran algo sobre la boda, pretendía que preparasen todo y le avisaran sólo horas antes, dos o tres horas antes. Fijaron una fecha. El escritor todavía sin libro publicado fue a fotografíarse y a empadronarse. Afortunadamente la mamá de Beatriz accedía a que el matrimonio fuera sólo por lo civil. A él le preocupaba qué iban a hacer luego de varias semanas juntos, 24 horas día y noche, si sería posible imponer reglas, algunas reglas, y sobre todo, ¿podría con el paquete? Imaginaba toda una serie de obligaciones y responsabilidades ilimitadas, el fin de su libertad individual. Y por otra parte estaba la posibilidad de un embarazo no deseado y con él, la otra posibilidad aún más espantosa, de un hijo tarado o cucho. Aunque podían ser estériles. ¿Cómo saberlo? Bueno, en casi cuatro años de relaciones conyugales no había logrado embarazarla ni una sola vez. No es que hubiese tratado. Simplemente no se dio ningún embarazo. Y vaya que fueron descuidados. La bailarina, en cambio, sí estaba embarazada. Su mamá quería que abortara. Su mamá fue también quién la obligó a mantener relaciones sexuales con el actor. Los encerró un día en su casa y los amenazó con no dejarlos salir si su hija todavía era virgen. La bailarina nunca hablaba del ritmo de su período y cuando menstruaba se negaba a verlo y se encerraba por cuatro o cinco días. El actor hacía calculos, especialmente las veces que no usaba preservativo, pero nunca estaba seguro. Por otra parte insistía mucho en que su amigo escritor no se casara. Se estaba precipitando, según él. El escritor, por su parte, arreglaba cualquier oposición asegurando que podían divorciarse en un par de años. Pero el actor insistía en que analizara su futuro muy bien, que se imaginara no el primer día con todas sus euforias, ni el primer mes, sino después, 10 meses, 11, dos años, tres. El escritor protestaba sin mucha vehemencia y hablaba de no poder prevenir el futuro, de no poder pensar en el futuro, de no poder conocer el futuro. Le resultaban conmovedoras todas aquellas personas que ahorraban para la vejez y que aparecían muertas antes de tiempo, según lo consignaban las páginas "rojas" de los periódicos. Además, ¿cómo era posible intuir, siquiera sospechar, hacía un año, que ahora, un año después, no sólo seguiría con Beatriz, sino que estaban planeando un matrimonio? ¿No decía Kant que el casamiento era la autorización para que cada uno de los cónyuges se apropiara de los genitales del otro?

En la escuela de al lado la maestra no daba propiamente información, sino que actuaba, vociferaba, daba órdenes, transmitía consignas, presionaba para que los niñitos y niñitas produjeran enunciados correctos, los obligaba a igualar la pronunciación de determinados sonidos, incisivamente subrayaba ante ellos las ideas que creía justas, cristianas, dominantes, como si el lenguaje fuera no para ser creído, sino para ser obedecido. El escritor se distraía así de la lectura, pero volvía pronto al libro; despatarrado en el sillón, conseguía aislarse, sumergirse otra vez en esa historia de un niño sin padre, un hijo huérfano de padre que vivía con su madre y que un día se encontraba una caja de zapatos con fotografías de aquel que había sido su padre. Fotos de cumpleaños;

de cuando era niño a la vera de un triciclo; en un bosque; del baile de graduación; de cuando se enlistó en el ejército; de su primer uniforme de gala; al pie de su avión el día que lo mataron. El niño del cuento que leía cambiaba las fotografías de la ajada caja de zapatos a una refinada caja de bombones y todo el día se lo pasaba viéndolas debajo de una escalera. Lo impresionaba sobre todo una, cuando su padre debería tener la misma edad que él, niño todavía, pues creía mirarse a sí mismo, a otro sí mismo. Por si fuera poco estaba enfermo de tuberculosis, de desnutrición, de tristeza, de abandono, de soledad. La madre todo el día hablaba por teléfono y lo desatendía. El niño no la llamaba mamá, sino Ethel. Y un día la madre despertaba súbitamente y descubría que el hijo no estaba en la cama y se angustiaba. Había que recordar que el niño estaba muy enfermo. Después de una histérica búsqueda, daba con él bajo la escalera, dormido, envuelto en una manta y con algunas fotos del padre muerto entre las manos. Para esto la madre se creía todavía joven y hermosa y quería pasar por soltera. Le pedía al niño las fotografías y él protestaba, y en un determinado momento hasta gritaba: ¡No, mamá Ethel!, y ella se enojaba como nunca. ¿No te he dicho que no me llames mamá? Se volvía diabólica, crispada, terrible. Le quitaba al niño la caja de fotografías pero después reflexionaba con malicia y mejor se la devolvía. Tráelas tú mismo, dijo y empezó a caminar hacia el sótano. El niño nunca bajaba allí y sentía miedo, así que empezó a descender la escalera con inseguridad, aferrando las fotografías, valía decir, con su padre, la caja de bombones fuertemente apretada contra el pecho. En medio del sótano había un horno y la madre lo abría y exigía que le entregara las fotos, que las arrojara él mismo allí, al fuego crujiente y definitivo. El niño huyó como un pajarito. Revoloteaba por la habitación. Emitía sonidos muy extraños. ¡No creas que voy a tener paciencia para tus payasadas!, gritaba su madre. Algunas fotos caían al suelo y el niño se derrumbaba para recogerlas. Ella no podía dar crédito a sus sentidos: ese niño no podía ser su hijo, parecía un animal lisiado y derruido que huía de su propio dolor. ¡Dáme esas fotografías!, exigía, y se las arrebató al niño y las arrojó al fuego que las recibió alborotado y ruidoso. Se volvió para quitarle las demás, pero tuvo que detenerse. El niño se había encogido, engarruñado en el suelo y oprimía la caja contra su pecho. Emitía un silbido hacia la mujer, con lo que consigió atemorizarla. Ella lo miraba pero no se atrevía a acercársele ni a tratar de llevárselo de allí. El silbido ese, que ni siquiera parecía silbido, la asustaba realmente. De la boca del niño salió "una sustancia espesa, fibrosa y de color negruzco, como si estuviera vomitando su corazón cargado de amargura".

El peluquero le iba a prestar dinero para pagar la máquina de escribir y la cuenta del teléfono. Al actor lo habían contratado ya en el Can-Can y empezaba el día 14. Le estaban ajustando el vestuario. Sólo él y su amigo librero lo presionaban para que no se casara. Pero el doctor, su amigo de Uruapan, ciudad que empezaban a llamar El Edén Subvertido, se mostraba, por el contrario, entusiasmado con la idea y lo animaba realmente. Quedó de hablarle pronto de nuevo y salió al trabajo. Notó que la mugre había empezado a cubrir la mancha australiana de la alfombra. El trabajo, a veces, le parecía no ya una función de la vida, no una adaptación del cuerpo y del alma a las fuerzas naturales, sino algo mucho más ajeno, una función incluso extraña, completamente extraña al objetivo de su vida, una adaptación del cuerpo y el alma a aquellas máquinas de información o desinformación, de ruido, de enajenación. Y con ese disgusto se adentraba en el edificio del periódico donde, además, se oía el rugido de las rotativas. Ya en su escritorio se vio como un pequeño engranaje de esa maquinaria tan compleja y sutil y gigantesca, y muy pronto volvió a oscilar en un me caso, no me caso. Tan fácil que sería vivir diciendo que no a todo. Aunque sabía ya que todo opinar se superaba en un movimiento mental. Montaje y desmontaje. Improvisación y revocación. Pero, ¿y el matrimonio? La bailarina seguía conflictuando al actor. La mamá de la bailarina seguía presionando para que su hija abortara y aseguraba que ella había tenido 27 abortos y seguía como Johnie Walker, caminando tan campante. El actor no tenía ganas de salir y la bailarina lo había llevado casi a rastras a un baile en beneficio de quién sabe qué institución. ¿La de los escritores sin libro publicado? Sonó el teléfono y era la esposa del pintor, que si se le antojaba ir a nadar al Hotel Amazonas. ¿Mañana? En fin, acabó su tarea, armó sus páginas, bajó al taller, coqueteó con la recepcionista del Director del periódico, habló varias veces por teléfono, interactuó con una docena de personas, volvió a coquetear con la secretaria y se despidió. Cuando llegó al departamento quiso llamar al peluquero para acordar una cita y diablos, ¡aún estaba conectado con El Edén Subvertido! ¡Más de seis horas! Empezó a gritar por el auricular y a colgar con violencia, a sacudir el aparato, a apretar una y otra vez los pibotitos que se accionaban para colgar y descolgar, hasta que en una de esas una voz de mujer eficiente le preguntó: ¿ya terminó su conferencia? Le explicó todo casi demente y ella lo regañó: que si colgaba y descolgaba tan insistentemente no iba a cortar nunca la comunicación. Entonces él gritó y dejó de gritar hasta descubrir que no tenía mucho sentido gritar así a alguien sin rostro. Dejó el auricular en su sitio y poco después ya daba línea. Indiferente. Como si nada.

Uno de esos días abandonó la oficina del periódico demasiado temprano porque se sentía mal. Una especie de mareo, de extrema debilidad. Iban a pasar más de dos décadas para que él descubriera que esa sensación de extrema vulnerabilidad se la producía

—nada menos— la polinización de la primavera. Pero por lo pronto él atribuía ese malestar a su extraordinaria actividad sexual. Cuarenta veces en 17 días. O sería que no dormía bien, inquieto por la boda tan probable como si no; en la adolescencia que iba a despedir si se casaba; en sus nuevas y futuras responsabilidades. En su balance pesaba más lo que iba a perder que lo que iba a ganar. Además le dolía algo que podía llamar su herida Miller y su herida Durrell y su herida Borges y su herida Fuentes y su herida Connolly y su cicatriz Faulkner. Por si fuera poco a veces transcurrían días en que su amigo el actor no se aparecía por el departamento. Ni siquiera sus huellas: ni el olor a cigarro, ni la cama destendida, ni la almohada arrugada, ni la más mínima huella en la alfombra superaspirada... Hablaba mucho por teléfono y por eso precisamente se sentía solo y asustado. Por la noche lo llamó el Director del periódico para preguntar cómo seguía y eso lo conmovió. Ya nada más le dolían sus heridas Gide, Pavese, Butor, Sartre, Cortázar, Dos Pasos, Wolfe. Llegó Beatriz y fueron al cine a ver *Motín a bordo*, un culebrón larguísimo que no se salvó ni por la presencia de Marlon Brando. Y más noche, en casa de ella, cenó como energúmeno, tres o cuatro porciones más de lo que acostumbraba. Frente a la familia de Beatriz siempre se comportaba tímido y apocado. No hablaba, sino que murmuraba. Era poco efusivo. La tía de Beatriz nunca lograba oír lo que decía. Él hablaba con la cabeza baja y era más

...esurado que lo normal, como un ratón al acecho. Al despedirse pensó tomar un taxi pero se sentía demasiado lleno, casi indigesto y prefirió caminar. No sabía si llegaría caminando hasta la colonia Cuauhtémoc, que era donde vivía, pero tenía ansia de devorar distancias, de patear el suelo de su México, de hacer de esa caminata nocturna un acto necesario, una experiencia, un destino. "Me extiendo como la bruma entre las personas que mejor conozco", decía Virginia Woolf mientras paseaba entre los taxis. ¿Y no eran suyos esos árboles negros, esas banquetas quebradas por movimientos telúricos y nunca enderezadas por corrupciones políticas, esos edificios con algunas ventanas encendidas, esos autobuses de pasajeros Mariscal Sucre en los que había leído tantos buenos libros? Cuando estuviera casado no podría salir a caminar así. Nunca le creerían. Y lo peor de todo era que le fascinaba Beatriz, le gustaba más la posibilidad de abrazarla todas las noches. Pensaba pedirle que siempre durmieran desnudos. Ahora sí que donnedeó, "qué mejor cobija para tu desnudez que yo, desnudo".

Su siguiente jornada fue de mujeres. Sintió que apenas acababa de acostarse cuando lo despertaron nudilleando en la puerta. Era Soraya, una mujer a la que admiraba muchísimo por su manera de cantar. Estaba nerviosa, casi histérica. Le ofreció un café y ella se propuso para hacerlo mientras él se bañaba. Luego vino la confesión. Estaba embarazada de un famoso director de orquesta y ese mediodía tenía ya una cita para que le practicaran una raspa. Como el escritor la miraba con cara de qué papel le tocaba a él en esta obra, ella lo tomó de las manos y le pidió que la acompañara, confesándole que no podía confiar en nadie más. Fuera del director de orquesta él era el único en saberlo. Sólo que el director no podía acompañarla, porque esperaba una visita. Se abrazaron y él saboreó la cintura, el talle, las dimensiones de ella que lloró un poquito con su rostro contra su mejilla. Cuando llegó Verónica, Soraya ya se había relajado y se fue más o menos sonriente con sus pesadumbres. Verónica había sido la primera novia del joven escritor aún sin ningún libro publicado. Salían juntos cuando ambos cursaban el primer año de Letras Españolas en la Facultad de Filosofía y Letras de la UNAM, y entre jarchas mozárabes y etimologías griegas y latinas, él la besaba y acariciaba sobre la ropa. Muchas noches, al terminar las clases en la Ciudad Universitaria, con otros compañeros y compañeras caminaban jugando a lo que hacía la mano hacía la trás o burro castigado, o simplemente conversando. Y caminaban hasta el centro de la ciudad. Cenaban churros con chocolate y volvían aplanando banquetas hasta sus respectivos domicilios, los de ellos en la Colonia Nápoles, adonde arribaban cerca del amanecer completamente agotados. Para su fortuna las clases comenzaban a las cuatro de la tarde, y a veces ni aún así lograban llegar a la primera, que era la de Literatura Española. Verónica encendió un cigarro. Había adelgazado y perdido su expresión adolescente. Se peinaba con todos sus cabellos castaños a un lado de la cara, lo que la hacía verse teatral y estudiada. El escritor le preguntó si aún era virgen y ella respondió que no, que había sido desvirgada por un profesor que él consideraba homosexual, y con el cual se había acostado cinco o seis veces más, pero que no quería compartirlo con ningún otro. El escritor puso tal cara de extrañamiento que ella se río, y por reírse casi se atragantó con el humo del cigarro, y se acercó a la ventana para respirar aire puro, tose y tose. Arrojó la colilla hacia abajo y al volverse hacia él se desvaneció. El escritor se levantó de un salto y corrió al botiquín del baño por un frasco de alcohol. Le pasó el brazo por debajo de la cabeza y la hizo oler, hasta que volvió en sí. La ayudó a incorporarse y no pudo dejar de notar las maravillosas caderas y volumen de sus senos más que acariciables. Le ofreció un chocolate. Y entonces hablaron del futuro matrimonio de él y ella inquiría mucho sobre Beatriz: su edad, su educación, su porte, sus intereses, cómo la había conocido, de qué hablaban. Hasta que el escritor la confrontó con ¿tú te casarías conmigo? No me lo has preguntado en serio, dijo ella. Era una coqueta profesional. Se despidieron y Verónica lo besó en la boca con una capacidad de succión y unos movimientos de lengua, que el escritor pensó que le había hecho mucho bien esa relación con el profesor —titubeó— bisexual. Lavó las tazas del café y en eso llegó Beatriz, que se veía muy hermosa, fresca, joven, feliz, navegable. Sonó el teléfono más que imperativo y era el Director del periódico que lo regañó porque se había planchado una solapa de un libro de Físico-química. Protestó que era imposible que él leyera todos los libros que debía comentar, que eso lo debería suponer todo mundo, y que si leía muchos, desde luego no eran precisamente los de química ni los de física, ni los de ingeniería, medicina, economía y temas así. Bueno, al Director sólo le interesaba un juicio de valor para guiar a la gente y que se hiciera de un prestigio de honestidad para que sus lectores creyeran en él. Beatriz se despidió y él decidió caminar al periódico.

Al pasar frente al motel de Melchor Ocampo notó que un coche se detenía para ceder el paso a unas niñas con el uniforme de una escuela comercial cercana. Eso le dio tiempo a acercarse al coche parado allí y cuál sería su sorpresa cuando descubrió en el asiento del pasajero a la bailarina novia de su amigo. Y al volante estaba el profesor bisexual que había estado evocando esa mañana. La bailarina lo saludó, el profesor lo invitó a subir y lo llevaron al periódico. El escritor no sabía cómo comportarse. Le faltaban varios años para que fuera capaz de enarbolar cierto cinismo. Así que se malportó y estuvo hosco, antipático y hasta celoso. No pensaba contarle nada a su amigo actor. Más tarde trataba de poner orden en su trajeteado corazón, todavía frente a su escritorio, y apareció el Director y le contó un chiste, y luego le ofreció disculpas por el regaño telefónico pues consideró que había exagerado. Pero después de esta jornada ya no podía ni sonreír. Sin duda al volver al departamento se pondría a escribir. Por lo menos le quedaban sus proyectos. Quería hablar con, escribir con. Con la Ciudad de México, con una porción de su ciudad, con Beatriz, con su amigo actor, con su amigo doctor, con su amigo pintor, con su amigo librero. Y nada de una conversación, sino una conspiración, puros arrebatos de amor y de odio.

Despertó casi a las dos de la tarde y su amigo el actor y la bailarina hacían el amor en la cama a su lado. En vez de volverse hacia la pared se quedó mirándolos, cubiertos por las cobijas, y ella lo vio y se relamió los labios con perversidad pecaminosa. Más tarde los tres se bañaron juntos y él acarició a lo largo el cuerpo esbelto y firme de la bailarina con sus manos enjabonadas, deteniéndose golosamente en la cintura o en lo más ancho de sus caderas. Cuando llegó Beatriz entre los cuatro se pusieron a hacer limpieza de vidrios, pasar la aspiradora por la alfombra, llevar las cortinas a la tintorería y pintar las paredes de blanco hospital. Habían decidido casarse el miércoles de Semana Santa, porque así el escritor tendría cuatro días consecutivos de vacaciones que podían aprovechar en El Edén Subvertido. Salieron a comer tacos y vieron un accidente estruendoso. Un volkswagen rojo se había metido al banco de Industria y Comercio y había chocado contra el mostrador. Al conductor no le había pasado nada pero la angustia y el susto le transfiguraban el rostro. Cientos de personas se acumularon allí y lo extraño era que la alarma del banco no había sonado. La tía de Beatriz se había opuesto a que se casaran en Semana Santa. Pero, ¿por qué? Es que son días de recogimiento, aclaraba. Pues por eso nos casamos en miércoles santo. Pero la anciana no entendía el chiste. La bailarina no quería subir de nuevo al departamento, y ella y el actor se quedaron abajo conversando. Arriba, pronto Beatriz y él se desnudaron y metieron en la cama bajo las cobijas. Se estuvieron reconociendo, revisando, mirando, lamiendo, acariciando, besando, chupando, sobando un larguísimo rato, hasta que empezaron a hacer el amor. En esa magia estaban (como decía Borges) cuando entró el actor alarmado porque le habían arrancado los limpiadores a su coche y estaba lloviendo. Beatriz se desconcentró y ya no pudieron terminar. Sonó el teléfono y era Verónica con la noticia de que la Universidad había entrado en huelga para protestar contra el proyecto oficial de alargar el bachillerato a tres años. Lo que animó a Beatriz, que no tendría clases en varias semanas. El actor tomó del clóset una gabardina y les pidió perdón por tan abrupta interrupción. Beatriz se acurrucaba contra el escritor como si quisiera devenir escritor sin libro publicado. El escritor, por su parte, sentía su suavidad, su calor, su lujuria a flor de piel, su solidaridad, su complicidad, su cariño y no quería dejarla marchar. Casarse... ¿Cómo podía desear el deseo su propia represión?

Le dolían hasta los dedos de tanto escribir. Eran las cuatro de la mañana y apenas acababa de regresar del periódico. Redactar un artículo sobre literatura francesa, de Mallarmé a Claude Simon y Jacques Lacan, pasando por Jacobson y De Saussure, Sartre y Camus, le había tomado demasiadas horas. Lo comenzó el domingo a las diez de la noche y lo había terminado el lunes a las dos de la mañana, todo ese tiempo sin dormir y tecleando sin cesar. Fue al periódico y tuvo que desarrollar su columna, y allí se encontró con la noticia de que el suplemento crecería a 14 páginas, en vez de las 6 de costumbre, y que el Director estaba de viaje. La última vez que lo había visto habían discutido porque su jefe celebraba el siglo XX por el desarrollo del periodismo, las comunicaciones, la industria del entretenimiento, la asistencia social, la farmacopea invencible, y él arriesgó que el siglo XX había permitido Verdún y el Gulag, y Auschwitz e Hiroshima, y eso que aún no podía saber nada de Tlatelolco 2 de octubre, de la guerra sucia del Cono Sur, de la hambruna de África, del SIDA, de la invasión a Panamá, del desgarramiento de Yugoslavia. Pero ya todas esas catástrofes aún no sucedidas crujían en la estructura de la época y alimentaban sus dudas omnipresentes sobre "nuestro" Grado De Civilización. El tardío siglo XX parecía ir a la deriva de un futuro negativo, e inclusive de un No Futuro. La conciencia histórica y el pesimismo parecían llegar a lo mismo. Había leído mucho y creía en lo que había leído. ¿Y su prometido matrimonio? Hablaba y hablaba de Beatriz y, sin embargo, no se casaba.

Gracias al té de una planta llamada Zopacle o algo parecido, la esposa del pintor y la bailarina habían abortado. Debían haber ingerido cuatro tazas de té, una cada hora, pero con la primera había bastado y sobrado. Antes de eso la bailarina había chocado su chevrolet y lo había destrozado, completamente inutilizado. Esa tarde las dos mujeres estaban en cama. A la bailarina la acababan de aceptar en el Can-Can y tenía que preparar dos espectáculos de media hora. Hacía un par de días había firmado el contrato y esa tarde había dejado plantadas a las coristas que iban a hacerle cortina, a la coreógrafa, los músicos y el modisto. Lo llamó a él para que explicara la situación. ¿No quería ser escritor?, pues entonces que inventara una situación lo suficientemente verosímil e insoslayable. En la oficina le habían regalado unos volantes anti-rector Chávez. Lo acusaban de asesino, de incapaz, de mariconerías increíbles. Le exigían que renunciase a su puesto. Muy exaltados. Feroces. Desesperados. Todas las Preparatorias estaban en huelga y esa mañana durante un mitín había llegado la policía y ocurrido un enfrentamiento: dos estudiantes habían muerto y un prefecto de apellido Bracho le había arrancado una oreja a un muchacho de la Preparatoria Uno. Finalmente, cuando el escritor salió del periódico, agotado, hambriento y con el cuerpo cortado, grandes nubes de polvo se levantaban en Paseo de la Reforma. Alrededor de la Alameda estaban poniendo unas baldosas rojas, como para imponer cierto tono provinciano, aunque él se tropezaba a cada rato. Al cruzar Insurgentes lo sorprendió la lluvia, que le hizo un asco su suéter, sus zapatos y su revista *Show*. El actor no estaba. Quizas él sí había ido a ensayar al Can-Can. "Los mexicanos de sangre mixta no tenían esperanza", decía un personaje en la novela que D. H. Lawrence había escrito en Oaxaca. Gourmont dividía a los escritores en *visuels* y *émotifs*, según el grado de originalidad que exhibían al transmitir impresiones sensoriales. Él se sentía como ratón mojado y se secaba los cabellos frotándolos furiosamente con una toalla. Lamentablemente carecía de otro par de zapatos, pero se los quitó y embutió sus pantuflas. Colgó la ropa mojada en el baño y se puso su bata de *lord* inglés con una bufanda de seda.

Abrió un capítulo con algarabía e imprecaciones de soldados federales que llevaban al paredón de fusilamiento a un presidente municipal y a un comisario agrario. Dos perros los seguían meneando la cola. Les vendaban los ojos a los prisioneros y el presidente municipal los rechazaba. Uno de los perros ladraba. Les ofrecieron cigarros y ambos aceptaron. Mientras el jefe del pelotón daba órdenes y un cabo espantaba a los perros que pretendían jugar con soldados y detenidos, en una montaña cercana, al aire libre, un sacerdote celebraba misa y predicaba la necesidad de la guerra. La máquina de escribir hacía demasiado ruido y lo distraía de su cometido. El objetivo principal del escritor era expresar los incidentes de su relato en un lenguaje que los designara por su sentido, que fluyera con naturalidad y sencillez, como una buena conversación de sobremesa. El estilo, decía Gourmont, era una especialización de la percepción, no de la emoción. Al encabezar otra página intentó la descripción de un centenar de agricultores que bajaban de un cerro para ir a reunirse con sus familiares a Cocula, para rechazar con ellos la llegada del ejército, cuyas columnas habían visto acercarse. Muchas voces, órdenes, canciones, fragmentos de conversaciones, rezos, decisiones, refranes, temores. Al anochecer los cristeros reconocían no tener más municiones y empezaban a evacuar la plaza. ¿Cómo reemplazar la idea "al amparo de las sombras"? ¿"Confundidos con"? No, tenía que trabajar ese fragmento un poco más. Había muerto un centenar de soldados. Pero llegaban más y entonces empezó el definitivo saqueo de Cocula. En la bóveda de la iglesia los federales bebían cerveza en los vasos sagrados. A las mujeres más jóvenes las violaban en el altar. Hacían fuego a media calle con muebles, cuadros, telas, y sobre todo crucifijos y estatuas religiosas. Cocula se quedaba desierta. Sólo animales domésticos extraviados atravesaban las calles. Todos sus habitantes habían huído a los pueblos cercanos. Sólo se veían personas con uniformes federales y se oían sus canciones. Olía a carne asada y a tortillas recién hechas. A la noche siguiente algunos lugareños se arriesgaron a volver y fueron decapitados de inmediato. El coronel Mano Negra acostumbraba matarlos con propia mano. El escritor debía describir también cómo se organizaban para la revancha los fugitivos, la selección de los más aptos y fuertes, "bravos como alacranes". Pero concluyó que era mejor acabar el episodio con el degollamiento de los que se atrevieron a regresar, sin ninguna palabra optimista ni ninguna de escándalo. ¡Había tantas cabezas cortadas en la historia de México! Quería revisar el texto e incorporar olores, impresiones tactiles, auditivas. Parecía que le interesaba de modo privilegiado la realidad de su lenguaje, los problemas de su gramática y que, en cambio, le daba la espalda a la Historia, porque no se interesaba en el mundo, sino en lo que serían las cosas y los seres si no hubiera mundo, si no hubiera habido mundo. Se entregaba a la escritura como a un poder impersonal y como si sólo tratase de sumergirse hasta llegar a un fondo que no alcanzaba nunca o cuyos límites se alejaban cada vez más.

Eran las 5:15 de la mañana y no podía dormir. Se sentía asustado, pensaba bañarse y salir a remar y visitar a su hermano. La noche anterior lo había soñado. Lo reconocía dentro de un auto que no era el suyo. Veía ese coche y corría tras él porque había visto en él a su hermano. Era él, en efecto. El escritor se preguntaba muchas veces cómo había sabido que su hermano iba adentro de ese coche tan ajeno a él. Le había hablado a su amigo actor al Can-Can y después fue a verlo tras bastidores. El actor le regaló dinero con el cual podía pagar lo que debía de la renta de enero. Bostezaba bajo la regadera. Quería ver a su hermano para pedirle la llave del apartado postal y hacer un duplicado, hablar de la boda y sacar algo en limpio en relación con muchas otras cosas. Mientras remaba sentía lúcidamente cada músculo de sus brazos, de la espalda, las piernas, el vientre. Como si su piel fuera transparente. Cobró demasiada conciencia de su cuerpo, de su juventud, de su fuerza. Tenía miedo por sus deudas. ¿Cómo casarse con tantos números rojos? Lo invadía cierta intranquilidad, cierto desasosiego. Su quehacer narrativo estaba lleno de momentos así: líneas que se distinguían y se oponían. Incertidumbres que se volvían palabras, palabras a veces saludables, a veces enfermas, a veces ilegibles. Las desgarraba el equívoco pero sin equívocos jamás podría suscitar el diálogo. Y si a sus palabras las falseaban los malentendidos, esas confusiones seguramente harían factible un nuevo entendimiento. ¿Y si parecían vacías? Bueno, ese vacío podía ser su propio sentido. De pronto ya no sabía quien estaba más asustado, quién era el del miedo al Matrimonio y sus Responsabilidades, el del miedo a Crecer y el del miedo a Fallar y el del miedo a Fracasar. ¿El escritor que todavía no era? ¿El escritor en el probable acto de escribir? ¿La obra que aún no existía? ¿Un futuro e hipotético escritor? ¿La página? ¿Estas páginas? ¿La lengua? ¿La concatenación de las palabras? ¿Las letras impresas? ¿Las verdades evocadas? ¿Su ociosidad? ¿Sus galimatías? ¿Su ausencia de sí mismo? ¿Su proyecto de obra? Al final del día no había logrado hablar con su hermano, ni verlo siquiera. Un absoluto fracaso, porque ni consiguió dejar un recado. De allí quizás su frustración, su intranquilidad, su melancolía. ¿O estaría así por la ausencia de Beatriz, que vendría a visitarlo hasta el día siguiente? Odiaba sentirse triste porque ese era el único pecado que reconocía y reprobaba. La tristeza. ¿Y el odio? ¿Y las jugarretas que transformaban el amor en odio? Bataille afirmaba que toda escritura expositiva era o un fraude o una derrota. Su herida Bataille.

Su amiga Vania todavía vivía con Isabel en un departamento bastante luminoso en el último piso de un edificio no muy alto. Esta vez Vania vestía pantalón vaquero azul de mezclilla, camisa desfajada rosa, botas de montar. Pintaba al óleo el retrato de una mujer bajita que estaba allí. Isabel había subido de peso y se había teñido el cabello de rojo. Otras mujeres que llegaron después preguntaron si había cena. Isabel dijo que no y ellas hicieron los clisés de costumbre. Que si ese era el día que la mujer descansaba y dejaba que el marido se hiciera bolas. Vania, que sería el marido, se notaba nerviosa. El escritor no sabía si por la presencia de Beatriz, que evidentemente la perturbaba, o la de él, que era el único varón en medio de tan extraño gineceo. Había ido con Beatriz y al principio los abrazaron y besuquearon. Ya sabemos que van a casarse, qué gusto. La mujer que posaba para el cuadro se iba a Polonia en agosto y entusiasmaba a Beatriz. Incluso le puso un ultimátum. De allí al día 14 debían decidir si también querían ir. ¿Se acordaban de *Cuchillo en el agua*? Al joven escritor le gustaba mucho la revista *Polonia* (porque tenía un Otro Yo diseñador). Mientras hablaban él empezó a castigarse pensando que debería despedirse de sus coca-colas, sus *corn-flakes*, sus revistas en inglés, el cine de Hollywood y el *rock and roll*. Los polacos, a cambio, le ofrecían becas de seis años: cuatro para estudiar y los dos primeros para aprender polaco. Imagínense, decía la mujer, son seis años viviendo de gorra, trabajando en lo que les guste, cine, diseño, danza, literatura, y con las posibilidades de viajar a muchos países detrás de la Cortina de Hierro. La beca era muy jugosa y les daba la posibilidad de un nivel de vida aceptable. Beatriz se entusiasmó tanto como él se intimidó. Muy adentro sentía que la batalla tenía que darla allí, en el medio del cerco de nopales. Y también temía entrar de golpe y porrazo al mundo comunista y despedirse para siempre del cine Latino y el cine

Roble, y las taquerías de la Zona Rosa, y sus amigas y amigos, las revistas de Sanborns. Beatriz quería ir a estudiar fisicoquímica y a él lo propiciaban a seguir filología. Ni Vania ni Isabel sabían qué significaban esas palabras. Más noche, cuando la mayoría de las visitas se fueron, sentados relajadamente en el suelo, Vania le contó a los dos, pero mirando con más insistencia a Beatriz, que ella, Vania, había ido a Monterrey y se había encontrado con una entrañable amiga. Pero le había llamado la atención que se veía más vieja que ella y debía ser cinco o seis años menor. Tenía el pelo totalmente blanco y Vania le dijo que ese color no le favorecía. Pero su amiga arriesgó que eran canas, y luego, ¿qué no supiste? Y le empezó a contar que tenía 15 años y estudiaba en un Colegio de Monjas, donde la había conocido Vania, pero ya que Vania se había ido. Ella tenía una mejor amiga conocida también por Vania. Estaban de internas y compartían un cuarto. Al final de ese año todas las internas fueron de prácticas a un convento. Vida del convento. Cuartos austeros, disciplina, soledad, frío, gruesas paredes grises, ritos y ceremonias. La alegría de las misas. Una vez al día les permitían oír el radio en el comedor durante un cuarto de hora. Allí escucharon que un loco había escapado no muy lejos de allí y que era peligroso. Si lo veían debían reportarlo a la policía y por ningún motivo acercarse. La superiora apagó el radio y las estudiantes hicieron chistes, o trataron de hacerlos. Una se fingió loca y persiguió a las demás, en fin…

Por la noche la amiga de Vania despertó y vio que la luz de la luna llena inundaba el cuarto. Al mismo tiempo sintió frío y se levantó a cerrar la ventana. Dudó un buen rato y por fin se decidió. En el jardín un joven o un niño jugaba lanzando una pelota al aire. Ella quiso despertar a su compañera para que lo viera. No debía haber hombres en todo el convento. ¿Quién sería aquel joven? Pero la otra cama quedaba en la oscuridad, en la parte no alcanzada por la luz lunar. Agitó inútilmente el cuerpo de su amiga, trató de despertarla, la llamó por su nombre... Quiso tocarle la cara y estaba degollada. En la cama estaba su cuerpo sin cabeza. En ese momento encaneció. Lo que siguió ya te lo imaginas, rubricó Vania. Beatriz estupefacta. Isabel bostezando. El escritor urgido de salir con su Beatriz, y preguntándose si Luna, dado que solamente hay una, debería escribirse siempre con mayúscula. La madre de Dante se llamaba Bella. De allí se había derivado ese nombre que lo desvelaba: Beatriz... Vania tratando desaforadamente de llamar la atención de Beatriz.

Al Presidente de la República lo habían apedreado en Chihuahua. Habían muerto en el enfrentamiento uno de sus guardaespaldas y dos periodistas, uno de ellos redactor del periódico en el que trabajaba el escritor. Pero ni por eso aprobaron la publicación de la noticia. En los camiones de pasajeros el boletaje había comenzado a tener impresa propaganda del PRI. Se sentía un calor africano. Padecían 33 grados centígrados, 4 más que en Acapulco. El escritor pasó por su departamento y se metió bajo la ducha por cuarta vez en lo que iba del día. Desde que había entrado el ladrón por la ventana de la cocina, y ya que el actor no venía más a dormir, acostumbraba cerrar todas las ventanas y todas las ventilas, además de la puerta con sus tres chapas, una de las cuales atornillaba para que no pudiera moverse el pasador. Despertó cerca de las 11. Lo extraordinario era que había soñado que su amigo actor estaba allí y que habían hablado durante horas y horas. Y la cama de al lado suyo estaba destendida y hacía semanas que no se usaba para nada. Trataba de elegir entre dos posibilidades: o bien se había vuelto sonámbulo y durante la noche se levantó y acostó de nuevo en la cama gemela, y luego viceversa, o el actor realmente había dormido allí, pero si no atravesaba las paredes, ¿cómo habría podido entrar? ¿O lo había solidificado su pensamiento? De ser así, esa noche iba a concentrarse para ver si lograba solidificar a su Beatriz. Porque no creía en fantasmas ni aparecidos, ni plasmas, ni nada así. Pero estaba tan inquieto que se fue caminando hasta la casa de su hermano, unos 13 kilómetros. Su hermano había chocado con su camioneta unos días antes y lo habían metido en la cárcel. ¿Sería por eso que el escritor pensaba tanto en él y hasta soñó que manejaba un coche equivocado y que necesitaba su ayuda? Sacaron copia de la llave del apartado postal y fue a recoger su correspondencia. Su hermano aprobaba su matrimonio y hasta aceptaba ir a la boda siempre que invitara también a su esposa. Incluso se ofreció a poner las invitaciones. Hablaban en un escenario que le fascinaba tanto que hasta quería usarlo en alguna futura película: el patio donde hacían los remates en el Monte de Piedad (un auténtico *bricolage*). Había sillería como para un teatro al aire libre y ellos se sentaron allí, como esperando que llegara la hora del remate. Pero había terminado de vestirse y miró con satisfacción una loción francesa que su peluquero le había regalado para que la usara el día de su boda. El peluquero le contó que había atendido al actor, a quien veía muy deprimido y malhumorado. Que intentó hacerle un peinado nuevo y el actor no quiso. El peluquero comentó que se peinaba como licenciado. Beatriz estaba muy vulnerable por tanto matrimonio postergado. Para Beatriz le gustaba un epíteto que Barthes desarrollaba para describir al hombre según Foucault: una metáfora sin frenos. Sonó el teléfono y era su amiga Magdalena, que aseguraba estar muy contenta porque había ido a Tokio, a Australia y muchas otras veces a Canadá. Él le dijo que sus viajes eran pura ficción porque de Tokio, Australia y Canadá apenas y conocería poco más que los aeropuertos y dos que tres hoteles. Magdalena negaba ser una sirvienta de lujo, aunque aceptaba que ese empleo no era tan envidiable como hubiera parecido en teoría. Había camaradería entre ella y sus compañeros de trabajo, especialmente con los pilotos. Pero a veces se cansaba de sonreír tanto y de hacer tantas caravanas a pasajeros inescrupulosos. Pero lo bueno, decía Magdalena, era que iba a encontrar un marido rico, porque la mayoría de los pasajeros tenían mucha lana y todos le tiraban los perros, que allí estaba indudablemente su porvenir. El escritor la puso al tanto de las últimas noticias, incluido su matrimonio, y la cortó porque se le hacía tarde para ir a la oficina. El mundo le parecía hecho de tal manera que no podría nunca expresarlo sino a través de narraciones, como si estuviera mostrándolo con el dedo. Aún no salía del departamento y ya estaba sudando. Beatriz, saboreó, "una metáfora sin frenos..."

Desde que se levantó se sentía abatido y de mal humor. El actor había aparecido a las cuatro de la mañana y el escritor aún estaba despierto. Hablaron un poco de las últimas confrontaciones con la bailarina. El actor hizo chistes hasta de sí mismo, como de costumbre, y se apresuró a salir. El escritor se peinaba en su recámara y oyó un golpazo. Murmuró: qué cabrón, qué ánimo de dar maromas... Pero no se oía más ningún otro ruido y se asomó. La puerta estaba abierta y el actor estaba allí, tirado boca abajo, contrahecho. El escritor todavía calificó en voz alta: qué payaso. Pero en realidad el actor se había desmayado y dado un tremendo madrazo. Una vez reanimado, el escritor salió con él, paternalista y responsable, no fuera a caerse de nuevo. Fueron juntos hasta el correo y allí se despidieron. El escritor encontró en su apartado postal un montón verdaderamente impresionante de correspondencia.

Esperó más de media hora a que se lo dieran y luego resultó que de esas 40 cartas ninguna era para él ni para su hermano. Eran para los propietarios de otros apartados y estaban equivocadas, incluidos muchos avisos de correo registrado. Volvió ligeramente frustrado al departamento, pues le gustaba recibir cartas, y a las 12 llegó Beatriz con la noticia de que iban a prohibir las taquerías en toda la ciudad, sin ninguna excepción. Fregarían a millares de personas y a nuestra idiosincracia, gemía ella. Le iban a quitar el sabor a Bucareli, a San Juan de Letrán, a la esquina del cine Insurgentes, a esa calle por donde vivía su amigo el librero, por donde quedaba el cine Ópera. Cabrones. Protestaban limpieza en las calles y aducían motivos de higiene. Ahora todo iba a oler a gasolina y a mugre, no más olores de carnitas ni cebollas o chile fritos. A ellos les habían quitado su lugar predilecto para ir a cenar, La Bella Unión. Ni modo. Claro que faltaba que pudieran llevar a cabo semejante disparate. Beatriz se desanimaba al principio de su malhumor, pero no dejaba de hacerle mimos, de sonreír, de tratar de hacerlo reír. Y cuando fracasaba lo dejaba tranquilo. Se tiraba en la alfombra a leer, acostada de panza. El escritor puso un disco de João Gilberto. La sirvienta no llegaba y quería llamarle la atención porque sus ventanas eran las más sucias de todo el edificio. El mundo parecía contenido, en su totalidad, dentro de un par de gigantescos paréntesis.

En la oficina el Director lo llamó y le dijo que le iba a leer unas cartas de amor de Luis Cabrera: abogado, espía maderista, político, historiador, cronista, crítico, ex secretario de Hacienda. Cabrera hacía periodismo con dos seudónimos: Lucas Rivera y Licenciado Blas Urrea. Había muerto unos años atrás y el Director tenía una caja con tres o cuatro decenas de cartas suyas, y estaba entusiasmadísimo con eso. Le leyó una carta, y otra y otra. Y al ver que no compartía su admiración, alegó que él sí podía entender la belleza de esas misivas porque tenía una cultura detrás, una educación literaria y, sobre todo, una experiencia que al joven escritor, sin lugar a dudas, le faltaba. Al escritor el contenido de las cartas le parecía inocente, cartabónico, gratuito, pleno de lugares comunes. Es que Luis Cabrera se destacaba por su ironía y sarcasmo, terciaba otro redactor. Pero estas son sus cartas íntimas no sus artículos periodísticos, aclaró el escritor, y rubricó diciendo que le parecían propias para un manual de cómo escribir 100 cartas de amor. El Director quiso parecer calmado y le pidió que le demostrara que todo lo contenido allí era lugar común. Y el escritor empezó a señalar: luz de mis ojos, luna llena, boca de fresa, piel de seda y dientes de marfil. El Director lo insultó. Le dijo que era un pendejo, que no entendía nada de romanticismo y se perdía así la mitad de la vida. Que a Beatriz le gustaría mucho recibir una carta así, sentida honradamente por él. Con todo respeto, puntualizó el escritor, pienso que no la tomaría en serio. Entonces, ¿qué es para usted el amor? El escritor, que no sabía entonces que en los años que seguirían iba a escribir complicadas novelas precisamente para intentar responder a esa pregunta, habló de filigranas eróticas, biología y buen aliento, deslumbramientos y obnubilaciones, deseos insatisfechos, lenguas y miradas, pieles de la mañana y de después del baño, de después del perfume y las cremas y después de dormir, de la primavera y el invierno; pieles exteriores e interiores, superficies del codo, del talón, de las falanges, del lóbulo. Habló de tactos diversos, de humedades variadas, de caricias infinitas, de sexos ocultos, de sonrisas maliciadas, culpas, miedos, necesidades, transgresiones, cosquillas, confianzas, cohabitaciones divinas y diabólicas, juegos de azar, responsabilidades, serenidades imperfectas. Sin advertirlo había alzado la voz tanto que muchos redactores, fuera del cubículo del suplemento, habían interrumpido su trabajo y lo escuchaban. Desesperaciones, seguía, posturas obscenas, fornicaciones sólo con la mirada, gritos, palabras, murmullos, desnudeces, deseos, plenitudes, insatisfacciones, ansias, agresiones, búsquedas, frustraciones, desvelos, insomnios, iras, celos, odios, besos, ceremonias, risas, apretones, sudores. Hasta que terminó, 20 epítetos después y sus simpatizantes lo aplaudieron desde muchas partes de la inmensa redacción. El Director lo miraba atónito. Antes le había estado enseñando fotografías de una anodina mujer desnuda que él mismo había tomado bajo luz natural, también de un convencionalismo alarmante, de una especie de ordinariez, de flojera mental que daba pena. Y además fuera de foco. Alarmado, el Director le dijo que era un materialista, que nunca en la vida iba a entender lo que era mirar la luna llena sentado al lado de la mujer amada y que jamás lograría escribir versos románticos que la estremecieran. El escritor, por su parte, se había desahogado de tal manera que no se sentía rencoroso, sino enérgico. Pensaba en Luis Cabrera. El epistolario abarcaba de 1938 a 1943, y toda su relación se reducía a que había recibido un pañuelo con la inicial de la muchacha y a una nostalgia infinita. El Director agregaba que esas cartas pertenecían a un lugar y un tiempo. Y el escritor le señaló que Villaurrutia, Novo, Cuesta, Nandino, Rebolledo y muchos más ya habían descubierto otras palabras y atinadas rimas para hablar de amor años antes de 1938, y en un arrebato final y malvado recomendó que debieran publicar esas páginas como modelos de cartas románticas, y el Director tomó el insulto como elogio. Más tarde el escritor, formando en el taller las planas con seis de las cartas de Luis Cabrera, pensaba que allí el amor era algo sin futuro. "Efímero como elíxir". En él los acontecimientos no sucedían, sino que habían sucedido ya, eran de inmediato legendarios, estaban inmovilizados, congelados. O peor, si iban a suceder, nunca sucederían, invitaban a estancarse en la contemplación. Porque sus frases soñadoras, hipotéticas y apremiantes no se dirigían a la mujer mitificada, sino a sí mismo, se complacían en la imposibilidad (yo sé que nunca…), se satisfacían con su enunciación. Beatriz, en cambio, bueno, su relación con Beatriz estaba cargada de futuro. Ojalá.

Fue a la Sinfónica con Beatriz. Tenían dos abonos, y les correspondía la fila E, tercer piso, asientos 48 y 49, pero durante meses siempre encontraron lugares en la parte baja. Esta vez el programa era demasiado atractivo y el Palacio de Bellas Artes estaba llenísimo. Tuvieron que subir hasta el tercer piso y cuál sería su sorpresa al encontrar que sus vecinos, en los asientos 50 y 51, eran la bailarina y el profesor bisexual. Sin ánimo de joderlos el escritor les preguntó si sabían que las taquerías se habían amparado y que nada más cerrarían las del primer cuadro de la ciudad, Bucareli inclusive. Y que ahora atacaban los lugares de Caldos de Pollo y los cabarets de 2a., 3era. y 4a. clase. Los músicos en el pozo hacían chirriar sus instrumentos. La bailarina le preguntó al profesor si la música no se limitaba por condicionamientos como los de Bach, como desinteresada del tema de las taquerías. Bach, en efecto, había compuesto 12 entradas, una por cada uno de los apóstoles de Jesús. El escritor hizo notar entonces (no en balde él mismo redactaba los programas) que en la *Ratswahlkantate* que iban a oír se usaban 365 notas, una por cada día del año. El profesor bisexual sonreía y se dirigía a él. Y eso lo ponía nervioso de más, pues creía interpretar sólo valoraciones sexuales. Un poco alterado agregó, agitando el programa, que Robert Schumann estaba enamorado de una muchacha que vivía en una ciudad bohemia, y siguiendo una costumbre típica del romanticismo, convirtió las letras del nombre de esta ciudad, Asch, según la notación alemana, en un tema musical. Difícilmente podían imaginar algo más aburrido y hasta podrían haberle reprochado a Schumann que se hubiera limitado a una acrobacia intelectual. Pero Schumann escribió una serie de variaciones sobre ese tema tan pobre y creó el *Carnaval, Scènes mignones sur quatre notes, opus 9,* que resultó una delicia de gracia, maestría y espontaneidad. Lo van a oír en la segunda parte del programa, puntualizó. Beatriz, vestida de negro, atraía las miradas de muchos, del profesor y la bailarina inclusive, mientras él seguía con su información musical tratando de educarlos: lo que llevó a Stravinsky, señaló, a decir con razón que "mientras más se condiciona, se limita y se trabaja el arte, tanto más espontáneo resulta". En eso entró el director de orquesta y todo el público se puso de pie para aplaudir. A su lado derecho Beatriz respiraba paradisíaca, finita, adolescente aún, cada centímetro de su cuerpo como receptor de señales interestelares, y expidiendo otras, su piel como si lo llamara, su escote como una ventana entre el afuera y el adentro, el infierno y el cielo, su respiración haciendo subir y bajar perceptiblemente el milagro de sus senos. Allí, junto a él, casi suya. Al otro lado, en cambio, la bailarina, aplaudía y se veía ligeramente excitada, alta, delgada, como si acabara de correr un kilómetro, respiraba con agitación, con cierta desesperación, como deseosa de seguir hablando o escuchando, desesperada por tener que callar y por tener que oír un concierto que no se dirigía exclusivamente a ella.

Se levantó a las seis de la mañana y en vez de ir a remar a Chapultepec se dirigió a la Preparatoria Uno para esperar a Beatriz. Ella le prestó dinero para que desayunara en la calle y quedó de visitarlo al mediodía. El escritor pasó al Correo Central, desayunó en un restorán en la planta baja del edificio del periódico, visitó a su amigo librero y salió de allí con un buen cargamento de textos comprados a crédito, y volvió al departamento a tratar de dormir sin éxito. Beatriz llegó contenta, toda sonrisas, y el escritor la desvistió con cuidado pero sin tardanzas. Todo se mezclaba y se confundía. Sus cuerpos eran una encrucijada de trayectos, pulsiones, emulsiones, mensajes sin sentido pero que no cesaban de ser emitidos a un ritmo cada vez más de prisa. Creían oír la palabra deseo, pero era sólo una crepitación, los corazones alborotadísimos, las humedades varias, las pieles erizadas, irisadas, la sangre empujando a uno hacia el otro, caos y materia y fusión y risa. Al poco rato honraban todas sus partes, allí sobre la alfombra y su mancha australiana. La boca y el sexo. Los senos y la vulva. El ombligo y la oreja. Lo seco y lo húmedo. Lo público y lo privado. Las plantas de los pies y los párpados. Lo izquierdo y lo curvo. El goce estaba en todas partes. Después se bañaron durante largo rato bromeando bajo la regadera. Y cuando se secaban, mimándose el uno al otro, y mientras él le contaba la película *Sin aliento*, se abrió la puerta. Era la sirvienta. ¿Qué? ¿Se están bañando? Entonces luego vengo, dijo y cerró. Los dos estaban espléndidamente desnudos, húmedos, él sacudiendo el agua del cuerpo de Beatriz y ella con una toalla en la cabeza. No habían cerrado porque el actor ya no iba más por allí y era demasiado temprano para la llegada de la sirvienta. Y ésta había abierto la puerta del baño adrede, porque la ropa de Beatriz estaba tirada por todas partes, alrededor de la sala, y la de él también. Y además ellos no estaban en silencio, sino que conversaban y reían, y la sirvienta tenía que haber oído sus voces. Beatriz no se alteró y más tarde, cuando preparaba la comida, volvió a entrar la sirvienta, y Beatriz bromeó: Ah, con que nos cachó, y frases parecidas. A él le fascinaba ese cinismo adolescente.

Había reunión en el Centro Mexicano de Escritores, a él le tocaba leer y como no tenía nada nuevo quería desarrollar en un par de días un episodio que le llamaba la atención. El general Ferreira, jefe callista de las operaciones militares en el estado de Jalisco, había ordenado la detención de Anacleto González Flores, orador y periodista que era la esperanza de quienes tenían la necesidad de un líder que enarbolara la bandera cristera. Florentino, uno de los narradores de su proyecto, se encontraba con el maestro Cleto en la casa de una señora cuando les venían a avisar que los soldados de la Guarnición de la Plaza y agentes de la policía habían rodeado el lugar y ocupaban los predios vecinos. Seguía la aprensión y el maestro y sus demás colaboradores acabaron maniatados en el Cuartel Colorado de Guadalajara. A la señora de la casa y sus tres hijas las encerraron con otras mujeres, madres, esposas y hermanas de prominentes miembros de la ACJM. Al día siguiente comenzaron a torturarlos. Les quemaban cigarros en los cuerpos desnudos. Los tasajeaban. Los golpeaban. Acusaban al maestro Cleto de tener comunicación con los alzados, le preguntaban sobre la organización y los líderes de la Delegación Regional. Querían los nombres de todos los jefes, sus planes, sus domicilios, especialmente la localización del Arzobispo de Guadalajara, escondido desde hacía días. Al maestro Cleto lo habían desnudado y colgado de los pulgares. Lo flagelaban. Le hicieron múltiples cortes con navajas de rasurar en los pies y el cuerpo. Y el maestro Cleto no hacía más que repetir que él sólo defendía la causa de Jesucristo y de su Iglesia. Un soldado enardecido le atravesó el costado con una bayoneta. Y el torturado advirtió que lo matarían pero con él no moriría la causa. Un sacerdote quiso confesarlo y se negó a la confesión. Es tiempo de pedir perdón y perdonar, murmuró.

Como perdía mucha sangre, el general Ferreira ordenó descolgarlo y pararlo contra el muro de fusilamiento. Lo arrastraron sin cubrir su desnudez. El primer pelotón que iba a ajusticiarlo se amedrentó al verlo tan sanguinolento y oír sus palabras desaforadas. ¡Si quieren sangre de hombre, aquí estoy yo, cabrones! El segundo pelotón no se dejó amedrentar. Yo muero, pero Dios no muere. ¡Viva Cristo Rey! La descarga lo calló para siempre. A Florentino le perdonaron la vida por su corta edad, y era por eso que podía contar este episodio. Su hermano Ramón se había enlistado con los federales, y los relatos de uno y otro se alternaban para integrar así su novela. Sólo que encontraba forzado hablar de D. H. Lawrence en Oaxaca y de Diego Rivera pintando los murales de Educación Pública, y empezaba a pensar en poner otras voces, además de las de Filemón y Ramón. Necesitaba alguien también que hablara desde Tabasco, donde empezaba la agitación garridista, y quería dar la impresión de que todo eso pasaba simultáneamente. En cuanto al maestro Cleto, ya muerto, nadie quería cortarle la cabeza. El general se desgañitaba, amenazaba escandalizado, pero era inútil. Ningún federal se animaba. Hasta que un sargento fue a llamar a un campesino que arriaba unos animales no lejos de allí, y después de hablar con él, el campesino, por 100 pesos, aceptó la tarea. Y no la hubiera aceptado si no lo hubieran engañado sobre la identidad del muerto, pues el sargento le había dicho que era el cadáver del general

Ferreira, fusilado por órdenes de la capital. Para escribir semejante historia tendría que extenderse en muchas direcciones. Era necesario. Su proyecto de novela había comenzado a perseguirlo, pero adelantándose, impulsándose desde diversos puntos de fuga, y él la atraía, quería ser alcanzado, perderse, obnubilarse.

Casi a medianoche lo llamó Beatriz. Sí, estaba escribiendo. Se sentía ausente. Demasiado concentrado en el año 1927. Pero Beatriz le estaba hablando de su tío, un energúmeno muy rico, dueño de muchos lotes de automóviles usados. Este tío tenía dos hijas dedicadas a la prostitución, lo que lo tenía sin cuidado, pues él mismo les quitaba el dinero que les producían sus aventuras. Además, estaba casi siempre borracho. Y antier, el sábado por la noche, el papá de Beatriz fue a casa de su hermano y lo encontró abrazando a su hija mayor, festejando a su esposa que hacía el amor con un cuate, frente a ellos. El padre de Beatriz empezó a sacudir a su hermano, luego golpeó al amante de su cuñada e incluso a su cuñada. Había llegado la policía y se los llevaron a todos. El padre de Beatriz salió después de pagar una pequeña fianza, pero desde ayer no hablaba y estaba acostado. En eso la hermanita de Beatriz le arrebató el teléfono y lo saludó. ¿Qué dice el canto? ¿Cuál canto? La que quieras… Y comenzó a reír con una risa muy fresca que tenía. Bueno, él pensaba continuar tecleando su manuscrito. En la página que destacaba sobre la máquina podía leerse: Ustedes me matarán, pero sepan que conmigo no morirá la causa. Muchos están detrás de mí dispuestos a defenderla hasta el martirio. Me voy, pero con la seguridad de que veré pronto, desde el Cielo, el triunfo de la Religión y de mi Patria... ¡Qué prosopopeya! Pero lo esencial no estaba en el tema, sino en sus variaciones. Y a él, como contraste, le gustaba de vez en cuando reproducir frases de ese talante.

Acababa apenas de acostarse cuando llamó la bailarina. No sabía que el actor no iba a ese departamento desde hacía dos semanas. Parecía que el abortivo que había tomado no le había hecho efecto y tuvo que ir con un medicucho que le provocó una raspa y le cobraba 1 400 pesos, que ella quería que pagara su amigo el actor. El escritor aprovechó la ocasión e invitó a la bailarina al próximo concierto. Iba a dirigir Celibidache. Su amigo pintor había coincidido en una fiesta con la familia de ella y había escuchado que su padrastro le recomendaba que anduviera con alguien como el escritor. Para su sorpresa la bailarina aceptó, y como si no quisiera sugerir algo comentó que sus papás se iban a ir a Acapulco desde el jueves. Aún no colgaba el teléfono y el escritor ya se sobaba las palmas de las manos anticipando goloso el triunfo. Había notado que en los últimos días habían entrado él y Beatriz en un periodo de debilidad, cierto desinterés, cierto cansancio. Días quizás de recuperación, de lenta y difícil recuperación de tanta algarabía sexual. Ya ni siquiera se besaban. O no, apenas y se besaban, más por cortesía y travesura que por poner en el beso otro significado. Pero pensaban que el amor no había terminado, que estaba antes o más allá del sexo, y sobre todo, que estaba allí, fluyendo de uno al otro, permanentemente. El sexo, en cambio, era algo cambiante, tan pronto vivo como en reposo, tan pronto ardiente como marginado... Se la pasaban previendo fechas para la boda. No es que hubiera días aciagos y días propicios, sino más bien que el escritor trabajaba y no podía ausentarse por mucho tiempo del periódico. Así que lo mejor sería un día previo a un puente. ¿Y la hora? De noche, a las 8:30. Y esa misma noche luego de la ceremonia y la cena y el güirigüiri, el doctor se los iba a llevar a El Edén Subvertido, donde pasarían cinco días. Entonces todo el argüende sería allí en el departamento, lo que impedía invitar a mucha gente. Aunque, ¿deveras necesitaban casarse? ¿Y qué era a final de cuentas el matrimonio? ¿Un contrato? ¿Un acuerdo entre dos personas o entre dos familias? ¿El traspaso de una propiedad? ¿Un acta? ¿A quién beneficiaba contratar a un juez? Y por si fuera poco no había nadie que los empujara irremediablemente al matrimonio. Había en cambio opiniones de amigos y amigas que variaban a cada instante, que podían combinarse de diferentes maneras, grupos de ideas, longitudes y latitudes, trópicos, meridianos, geografías...

Hacía un calor africano. Había 37° a la sombra y se bañaban tres y cuatro veces al día. Esa noche el pintor inauguraba su primera exposición. Estaban todos allí y se vendieron cinco cuadros en los primeros minutos. Esperaban vender todo lo expuesto, y de ser así el pintor y su esposa se irían a Nueva York una temporada. El hermano del pintor llevaba a una rubia sueca espectacular que a su vez cargaba un perrito *toy* que le hundía el hociquito entre los senos casi descubiertos. El arquitecto iba con su novia. El actor sin su bailarina. El torero, el cantante, el director de cine, el poeta. Estaban todos allí. El ambiente era un horno. Después de un rato un grupo se dirigió al Konditori para tomar helados y de allí fueron al cine a ver *Crimen en Montecarlo*, con Alberto Sordi y Vittorio Gassman. Fueron caminando a dejar a Beatriz, que no había pedido permiso más que para ir a la exposición y acompañaba al escritor desde las 7 de la mañana. Llegaron a su casa a las dos. De allí tomaron un taxi el torero, el arquitecto, su novia y el escritor, y fueron a dejar a la novia del arquitecto a su departamento, un *pent-house*. Su mamá estaba borrachísima en compañía de un gordo. No reclamó lo tarde de la hora ni nada. Tenía cinco perros chihuahueños que la seguían a todas partes moviendo el rabo. Los muebles eran ostentosos y de mal gusto. La señora dijo que se iba el jueves con el gordo ese y que la novia del arquitecto se iba a quedar sola con su hermana durante una semana. El arquitecto dijo que no podría ir a verla durante esos días "por sus principios". Era Semana Santa. El escritor prefería no comentar nada. Pasaba días y noches en silencio para conseguir acercarse a lo literario, si es que lo literario existía en alguna parte.

El siguiente domingo la muchacha estrella del *show* del Señorial, el actor, Beatriz y el escritor, fueron a Cuernavaca desde las 10 de la mañana. Se hospedaron en el Casino de la Selva. Alquilaron un *bungalow* y jugaron luchas, nadaron, representaron toda clase de situaciones cómicas, hicieron el amor, comieron, durmieron una siesta, volvieron a nadar, a jugar luchas, a hacer el amor, y volvieron a la ciudad a las 10 de la noche. Jugaron luchas quizás para tratar de sofocar en las mujeres una voluptuosidad que presentían tan fuerte y tan violenta que agotaba y relativizaba siempre la de ellos. Nadaron para gozar sus cuerpos libremente. Hicieron payasadas, representaron diferentes papeles. La estrella del Señorial, majestuosa como animal de placer. El actor, desternillante en sus imitaciones de Jerry Lewis. Jugaron *strip-pokar* y cuando quedaron desnudos hicieron el amor afanosamente, como competentes obreros del sexo. El escritor desconfiaba de la rutina del coito porque el final siempre era igual, la eyaculación era previsible. Apenas si existía un comienzo. La erección era ya casi la eyaculación. El comienzo era el fin. El fin apenas se distinguía del principio. En los primeros escarceos estaban inscritos los últimos. La erección era tan precaria que llevaba consigo su desaparición como destino ineluctable. La conjunción erótica era siempre precaria, previsible, desesperada pero finita. Los siete minutos. Y luego el apagamiento del deseo. Las cenizas. El inventario de las cenizas. En su cabeza decidió prolongar lo más posible la espera antes de la penetración. Convertir sus encuentros no en coitos, sino en caricias a la búsqueda de placeres desconocidos, posponiendo el coito para el final de la noche. Se bañaron juntos y luego salieron a comer. Cuando él tiraba de Beatriz hacia sí, en realidad tiraba de sí hacia ella.

¿Dónde te gustaría vivir?, le preguntó la compañera del actor. No sé, dijo, pero pensó que en el reino del arte. Resistir la mirada de Orozco; responder a la mirada de Orozco; emular a Siqueiros, quien sabía que uno en realidad no puede acercarse a los retratos; aprender la sensualidad de las mujeres pintadas por Francisco Corzas; labrarse, al final del camino, cierta cultura. Volvieron a la habitación y al juego malicioso de cartas. Volvieron a jugar luchas. No quería lastimar a Beatriz pero ella lo sujetaba con demasiada fuerza y eso lo asustaba. ¿Lo imprevisible? ¿Los códigos o la imprecisión? El cuerpo desnudo de Beatriz, reacio a la domesticación, terminaba por turbarlo. Era caprichoso, irregular, evanescente, espléndido. Y cuando comenzaba a vencerla saltaba la otra chica y lo derribaba. Después de todo era complicado alcanzar esa deseada simetría, ejercer el dominio de lo masculino, inmovilizar a las mujeres, obligarlas a estar disponibles. Sudaron tanto que después de un regaderazo volvieron a meterse a nadar. Cuando se secaban, Beatriz preguntó, ¿y ahora? Como amante se atribuía el derecho de saber la continuación o la ruptura de su contrato de reciprocidad. El escritor le arrancó la toalla con que se envolvía y la tiró toda risas sobre la cama. El actor hizo lo mismo con su amiga. Los ojos ciegos, urgentes y labiados. Palabras melosas, onomatopeyas. Espérame un momento: Beatriz. Ligeros estremecimientos. Sudores, obsesiones, regocijos, contorsiones, ritmos, miradas, rasguños, jadeos, gemidos. Animales De Dos Espaldas. Beatriz y el escritor cubiertos por una sábana. El actor y su amiga arriba de las cobijas. Infatigables, como si sólo les interesase esa manera de existir, de complementarse, de ceñirse. Después se quedaron allí estupefactos, separados y plácidos, mirando el techo pensativamente, laxos, sintiendo atenuada toda su piel, satisfecha toda su piel, disminuídas todas sus ansias. Las cabezas quietas y casi hasta con Halos de Santidad.

Despertaba cada mañana y miraba la hora, paseaba la vista por la habitación. La pared frente a él lucía un enorme póster de *Alphaville*, la película de Godard. Apartaba las cobijas para levantarse y en eso sonaba el teléfono y era Beatriz. Siempre despertaba unos segundos antes de que sonara el primer timbrazo de esas llamadas, quizás cuando Beatriz apenas empezaba a marcar. Le hablaba de esto a un compañero del periódico y al mismo tiempo se quejaba de un tremendo dolor de cabeza que no conseguía hacer retroceder ni con cafiaspirinas. Y a la mañana siguiente, al hablar con Beatriz, ella le dijo que la noche anterior no había logrado ni estudiar por un dolorazo terrible de cabeza que, comparado el horario, tuvo si no la misma intensidad, sí la misma duración que aquejó al escritor. Mientras desayunaba hojeaba el periódico y, como siempre, el Papa estaba enfermo y México en calma. Vio en una columna de sociales que la bailarina ya era novia oficial, desde hacía tres semanas, del profesor bisexual, "el más sibarita de todos nuestros universitarios". El actor lo había visitado el día anterior en su oficina para ayudarlo con sus gastos y todavía se sentía querido por "su" bailarina. Enarbolaba un telegrama que ella le había mandado desde Cuautla, donde filmaba una película desde hacia dos semanas y decía que lo extrañaba. La muchacha del teletipo gritó que Krushchov había muerto y hubo una verdadera conmoción en el periódico. El escritor sintió que perdía a un familiar cercano. Después de todo lo veía diario, sabía lo que hacía constantemente, le divertía su figura y, por si fuera poco, temía que una decisión suya pudiera afectar su futuro de manera tajante. Se sintió desamparado con semejante noticia y sintió sobrevenir el llanto. Un llanto violento, sincopado, de grandes bocanadas. Llamó a Beatriz y le dijo de golpe que había muerto Krushchov, y la noticia fue tan fuerte también para ella que se le adelantó la menstruación. Empezaron a formar una primera plana con semblanzas y fotografías insólitas. Gran discusión con el jefe de los correctores de estilo que insistía en escribir Jruschov, mientras el escritor insistía en usar su nombre completo: Nikita Sergelevich Krushchov. En esa tarea estaban cuando llamó el Director y desmintió la noticia. Habían pasado casi tres horas de sobreexcitación. Y el joven escritor se sintió ligeramente avergonzado por haber respondido tan airadamente contra la muerte.

Salió de su casa a media mañana y al atravesar Paseo de la Reforma se encontró con un desfile de españoles y españolas vestidos con trajes regionales desfilando en coches descubiertos y arrojando claveles. Había algunas adolescentes bellísimas y de pronto se le heló la sangre porque las manolitas corearon una porra a favor de Franco y algunos transeúntes les aplaudieron. El escritor se alejó más que de prisa. El actor lo había despertado para avisarle que se iba en ese momento a Monterrey con todo el Can-Can y que volvería en dos semanas. Trató de dormir otra vez, apenas eran las 5 de la mañana, pero sonó el teléfono y era su amigo el doctor desde Guadalajara. Su esposa le arrebató la bocina y preguntó si no era una molestia que lo llamaran a esa hora. El escritor dijo que no, que todavía no se acostaba, que se estaba poniendo apenas su piyama, que los novelistas eran muy desvelados. Abrió la cortina y ya había luz de día. Vio la hora. El doctor no deseaba nada específico, sólo que no quería dejar pasar una semana sin llamar. El escritor se quedó intranquilo y decidió mejor levantarse y bañarse. Volvió a sonar el teléfono y era su amigo músico, que habían cerrado el lugar donde trabajaba porque un señor muy influyente que vivía enfrente se quejó. Pero llamaba porque en la carretera de Acapulco se había volcado y muerto un amigo común, también músico. El escritor se deprimió y numeró que Camus había muerto en un accidente de automóvil, Dinesen en otro, Behan, James Dean. En eso reparó en un zumbido muy molesto. En alguno de los otros departamentos habían dejado encendido un radio que ya no sintonizaba ninguna estación, sino sólo estática, como un lamento de abejorro moribundo. Apenas se vistió, bajó y desconectó el *switch* del departamento con el radio. Comió en casa de Beatriz. Desde allí le hablaron al torero y su mamá les dijo que ese día toreaba, que encendieran la televisión en el canal 4. Qué tipo. Lo habían visto hacía poco, el día de la exposición, y no les había dicho nada. Afortunadamente su amigo iba al último. Seis novilleros. Seis. Un toro cada uno. Cuando a su amigo torero le llegó la hora de matar a su bestia, la más grande y vigorosa de la tarde, pidió el micrófono y dijo: Mamá, este toro va por ti; te dedico esta faena; no la muerte del toro que aquí termina, sino mi vida, que me la voy a jugar hasta lo último. Gritos de Beatriz y el escritor que no lo podían creer, absolutamente escandalizados, y lágrimas de las hermanitas de Beatriz y de su mamá que se habían emocionado realmente. Lo malo fue que después de ese rollo no consiguió hacer ninguna buena faena. No consiguió ni matar al toro. Aunque puso mucho valor o mucha irresponsabilidad en el asunto. Se arriesgaba tanto que el toro lo tiró más de una vez y casi lo cornó. El escritor sudaba. Cuando todo terminó se despachó contra la fiesta brava. Y hasta dijo que todos veían las corridas por ver si cornaban a algún torero o de perdida a algún caballo. Su futura suegra lo tachó de exagerado. Y luego de eso, él y Beatriz se fueron al cine a ver *Pasiones en conflicto*. Hacía el mismo furioso calor de toda esa temporada, y desde el mediodía soplaba el viento y había terregales espesos, polvo en cantidades industriales y viento pegosteoso, caliente. En la película Dean Martin era un joven que cometía incesto con su hermana, una vieja. Y el escritor y Beatriz salieron tan sacudidos de eso, que cuando volvieron a casa de ella y su padre les hablaba del Cordobés y de Paco Camino, no tenían cabeza para integrarse a la conversación. Todos ellos merecían la locura, pensaba el escritor, —y él antes que cualquiera otro, dada la estupidez de sus deseos—.

Reescribió de nuevo el "capítulo" que iba a leer en el Centro de Escritores, y lo abrió con la imagen de un capitán federal que se servía cerveza y la bebía en un caliz enjoyado, según lo veía su narrador, tan azorado como escandalizado. El momento de su discurso era el mismo que el momento de la historia, y por eso todos los predicados irían en presente. No se trataba de un presente histórico que expresase un pasado, sino de un presente real que haría referencia al tiempo contemporáneo de la acción. No habría recuerdos, y si se le ofrecía inventar alguno, los haría aparecer en indefinido y no en pretérito. El lenguaje peculiar de un estanciero de los altos de Jalisco sería tan peculiar como pudiera desarrollarlo. Las alusiones a cualquier parte de la experiencia de su personaje se harían sin más explicaciones que las que él mismo necesitaba, porque no se suponía que hubiese otro público que el hablante mismo, y no habría deferencia alguna a la ignorancia o necesidades descriptivas del organizador de estos discursos. Después desarrollaba en una larga frase, llena de incisos, repeticiones, reiteraciones, exclamaciones, la detención, tortura y muerte de Anacleto González Flores, y terminaba con la tierra temblando en el momento en que el segundo pelotón de fusilamiento hacía fuego, y luego, en eso que empezaba a llamarse estilo indirecto libre, sugería que todos los soldados que habían integrado ese pelotón habían quedado paralíticos del brazo derecho para siempre, y que el coronel y el capitán que habían ordenado la ejecución habían perecido en su siguiente combate. Acababa de leer una frase de Goethe: "El artista se procura todo lo posible postulando lo imposible". Y después de todo, si él todavía no era un artista, iba a serlo y pronto. Y bien pronto. Le preocupaban algunas nuevas teorías psicológicas que establecían que una parte de la conciencia no es verbal. De ahí que la tarea del autor, y él ya era un autor, sería simular elementos no verbales así como verbales en el momento en que atravesaran la mente del personaje. Un buen ejemplo de eso podía verlo en la sección "Calypso", del *Ulysses*, que seguía a Leopold Bloom en la cocina. Sólo que su personaje no deambulaba por un paisaje cotidiano, sino que se hallaba no nada más en medio de un conflicto armado, sino además prisionero, y como prisionero ofendido hasta en sus más mínimas certidumbres. Beber cerveza en un caliz. Bah. Su herida Joyce.

Habló formalmente con el papá de Beatriz y éste insistió en que pospusieran su boda hasta que pudiera comprarse un *smoking*, porque según él no podía estar en un acontecimiento como la boda de su hija mayor, aunque fuese entre cuatro o cinco amigos, de traje de calle. Pedía que lo comprendieran y que lo esperaran tres meses. Solamente tres meses. Se revolvía en el sillón que, como estaba forrado de plástico, rechinaba. Por otra parte aceptaba que el matrimonio no fuera por la iglesia, sino sólo por lo civil. En principio el escritor acordaba de todo, y por dentro enloquecía tratando de acelerar y resolver los problemas que se venían presentando. Quien lo viera pensaría sin problema que era un buen actor. Era como si la boda se hubiera convertido en su única idea fija. Bueno, estaba la boda y estaba su novela y estaba el trabajo en el periódico. Y a la vez sus lecturas, las amigas, los amigos, los proyectos. Y en un plano más abajo pondría a los acreedores. Sí, no podía renunciar a ellos ni darles la espalda y olvidarlos, aunque quisiera. De camino a su departamento se encontró con el amigo torero y lo acompañó a la calle Ebro. Entre Lerma y Pánuco vieron lo que el escritor supuso era un Buick 1939. Se acercaron y, en efecto, era un Buick 8, 1939. Desde una distancia respetuosa estuvieron revisando los detalles. Las puertas de atrás, por ejemplo, que se abrían al revés. La manera como se sujetaba la placa. En eso llegó un adolescente y se subió. Le dieron las buenas noches y preguntaron si el modelo era 39 y no respondió. Arrancó de prisa y ellos caminaron, el escritor calificando a ese muchacho de descortés. Y en efecto, nada más fue a dar una vuelta a la manzana y volvió a estacionarse en el lugar donde estaba, seguramente temblando de miedo.

Decidió dejarse una barba de perilla, a lo Don Juan Tenorio. A la cajera del periódico la sorprendió tanto que le preguntó: ¿Es usted existencialista?, con el tono de quien pregunta, ¿Es usted marciano? Un pasajero en un pesero le dijo: Perdone que me entrometa, pero, ¿no se da usted cuenta de que usa barba para sentirse hombre, para adquirir una personalidad que no tiene ni le corresponde? Los demás pasajeros se rieron. El escritor, calmadamente, preguntó si creían que el Cardenal Tisserant usaba barba por lo mismo. ¿Y monseñor Garibi Rivera? ¿Y Jesucristo? ¿Y Hernán Cortés? ¿Y Maximiliano? ¿Y Fidel Castro? ¿Y el Doctor Atl? ¿Y Juan Ramón Jiménez? Finalmente les preguntó si trabajaban en la fábrica de hojas de rasurar Gillete, y remató acusándolos de exhibirse de moralistas. Entre sus amigos, en cambio, su barba era un éxito, y el arquitecto y el torero se las dejaron crecer por solidaridad. Cuando llegó al departamento se encontró al actor en medio de la sala tratando de respirar como un yoga. Así no, lo corrigió, no en balde me apellido Sákrabachandra. Tienes que hacerlo delante de una ventana abierta, en un bosque o en una azotea alta, en fin, un lugar que consideres libre de contaminación y gases urbanos. Por ejemplo, las noches son estupendas. Te pones de pie y te inclinas como si fueras a tocarte las puntas de los pies con las manos, expeliendo al mismo tiempo lo más posible y poco a poco todo el aire de tus pulmones. Pones cada mano sobre un pectoral, cruzadas, y tratas de aguantar lo más que puedas sin aire. Después comienzas a absorber lentamente el aire fresco, incorporándote y abriendo los brazos. Cuando tu espalda empiece a curvarse hacia atrás das un fuerte jalón a los brazos y tus costillas tronarán. Será que habrás abierto tus pulmones, no te asustes ni te despeines. Cuando ya hayas practicado muchas veces esto, después de sentir tus pulmones y permitir que se inflen al máximo, debes curvarte hacia atrás aún más. Necesito advertirte que el aire hay que respirarlo y aspirarlo muy muy lentamente, lentísimamente. Sólo así conseguirás una rápida oxigenación de la sangre. Circulación en la cabeza para que sepas qué hacer. Sentirás que hasta puedes volar y tratarás de hacerlo... El actor no dilató ni un décimo de segundo en empezar a practicar y cuando empezó a incorporarse para curvarse hacia atrás se desmayó. El escritor estaba marcando el número de teléfono de Beatriz. Fin de la primera lección, murmuró sin soltar el auricular.

En la oficina estaba de muy mal humor. Era día de pago y le habían descontado 100 pesos porque se había equivocado y en una nota puso "libro" en vez de "folleto". El castigo le parecía no excesivo, sino irracional, totalmente fuera de lugar. Rechinaba los dientes y se reñía a sí mismo por depender de los humores de su jefe, que lo miraba entre divertido y desinteresado. El escritor le dirigió su mirada 21 y el Director entonces lo llamó y, con amabilidad estudiada, le preguntó por qué no le había hecho nota al librito de versos de la señora Armenta. Él respondió que no conocía ningún libro de versos de esa señora. Y el Director lo contradijo, cómo que no, si yo se lo di, era un librito azul, chico, encuadernado. Él dijo, no licenciado. Sí, cómo que no, búsquelo y verá. Dos semanas después se repitió esta conversación, sólo que el Director estaba más enojado y hablaba con cierta violencia. El joven escritor decía que era imposible que existiera un libro de esa señora, él lo habría visto, lo conocerían en alguna librería, él nunca se llevaba nada de la oficina, en fin. Diez días después, el Director, con gran firmeza, terminante, ordenó: esta semana quiero la nota. Pero el escritor no pudo hacer ninguna nota. A la siguiente semana: me localiza a la señora Armenta y le pide otra copia de su libro azul y le hace la nota. ¿Dónde la busco? No sé, vea en el directorio, es asunto suyo. Naturalmente aprovechó el pretexto para pedirle ese favor a la secretaria, a quien encontraba guapérrima. Otra semana. ¿Qué pasó con la señora Armenta? Nada, no está en el directorio telefónico, no la conocen en ninguna parte, ningún librero ha visto su libro. El Director: Pues si no la encuentra para mañana al mediodía, ya no vuelve a trabajar conmigo, ¿entendido? Le cuesta la chamba. El escritor: Oiga, pero dónde trabaja o qué... El Director: ¿Cómo? ¿No sabe? Es nada menos que maestra en el Instituto Politécnico y Jefa de las Clases de Literatura. ¿Le basta? El escritor: Ah, bueno, con datos así, claro. El Director: Mañana mismo se va usted al Poli. Tome (le dio un billete de 10 pesos para el taxi). Pero no fue y esa semana le descontaron 50 pesos a manera de multa. El mismo diálogo un lunes. Y el martes por la mañana fue al Poli. $ 3.50 de taxi. Preguntó en la intendencia y nadie conocía a la maestra Armenta. Le dijeron que fuera a las vocacionales, que eran los últimos edificios y que nada más allí se daban clases de literatura. Preguntó si la maestra Armenta iba allí a firmar. Y nada, ni siquiera la conocían. Preguntó por la oficina de personal. Estaba en la Unidad Zacatenco. Salió y tomó otro taxi al que se le ponchó una llanta. Tuvo que esperar bajo el rayo del sol a que la cambiara porque por allí no pasaban coches. En Zacatenco nadie sabía dónde quedaba la oficina de personal. Y cuando la encontró, después de mucho caminar, le costó mucho trabajo que lo atendieran porque creían que iba a pedir empleo. Él sabía el nombre de la señora: María del Carmen G. Armenta. Y también que era maestra del Poli. Buscaron en un archivero y encontraron a varios Armenta pero ninguno que se llamara, además, María del Carmen G. La señorita que lo atendía, de breve cintura y alveoladas caderas, le dijo que no podían hacer nada hasta no saber qué quería decir la G, que podía ser de Gómez o Gutiérrez o González. El escritor casi se desvaneció. La señorita propuso que si quería la buscaba en Giménez. No contestó y ella empezó a buscar, hasta que concluyó, tampoco aquí hay ninguna Armenta María del Carmen. Gracias, rubricó el escritor. Preguntó entonces por el jefe o la jefe de las Clases de Literatura y era un maestro de apellido Sandoval. Salió de esa oficina pensando que todo aquello había sido tan absurdo que más valía que lo corrieran, pues parecía Kafka de lo más puro. Llegó al periódico apenas a tiempo para empezar a formar y con una sensación de derrota profunda. Abandoniano. En un descanso abrió su correspondencia y para su sorpresa encontró una misiva de María del Carmen G. Armenta invitándolo a una conferencia al día siguiente a las seis de la tarde. La invitación tenía un membrete inverosímil: Academia de Superación y Supervisión Docente, SAD, o lgo parecido, INPI, Santo Tomás. Así que cuando llegó el Director le enseñó esa carta y le prometió encontrar a la famosa señora Armenta al día siguiente por la tarde. El Director le aclaró: le dice que usted perdió su libro de versos y que le preste otro o a ver qué hace. Yo no pude perderlo, licenciado. Sí, y si ella fuera amiga suya ya le habría hecho una nota de media página, ya lo sé. Al día siguiente el escritor hizo un gran berrinche porque en el Cine Club del IFAL pasaban *El perro andaluz* y *La edad de oro*, y a la misma hora él tenía que ir al Poli. Cuando llegó a Santo Tomás naturalmente nadie sabía adonde quedaba la mencionada Academia y encontrarla fue un problema de más de media hora. Pero no había conferencia o había terminado demasiado temprano. Se sentó a recapacitar lo recapacitable y a recuperarse un poquito, y en eso entró una señora a avisarle que la conferencia se había suspendido, y tras intercambiar unas frases descubrió que ella misma era la buscadísima señora Armenta. Él le dijo lo del librito azul. Yo nunca he escrito versos, respondió ella. Le dijo que suponía que era maestra, que inclusive le habían dicho que era Jefa de los Cursos de Literatura. Y ella: no, ni lo mande Dios, yo no me dedico al magisterio. Soy secretaria de la Procuraduría y no he publicado ningún libro ni publicaré nunca ninguno, bueno, eso espero, que Dios nos ampare... Cuando el escritor le contó todo esto a su jefe, éste, muy pensativo, recapacitó: ¿pues de quién sería ese librito verde? A mí me había dicho que azul, licenciado.

Fueron de excursión al Valle de las Monjas con la familia y los vecinos de Beatriz. Montaron a caballo y escalaron. El escritor se sentía deportivo, sin que su actuar fuera deportivo. Además, Beatriz montaba mejor que él, corría más de prisa, escalaba mejor. Habían pasado muchos días y el padre de ella aceptaba cada vez más el matrimonio. Si hay matrimonio, pensaba el escritor. Y para eso habría que esperar, porque según él, no podía estar en un acontecimiento como la boda de su hija, aunque fuese entre cuatro o cinco amigos, con su ropa habitual. Le pedía que lo comprendiera y él miraba a Beatriz con cierta melancolía. Los separaba un pedazo de terreno agreste, sillas plegadizas, manteles, trebejos de plástico, botellas de refresco, amigos, amigas, niños. No podía tocarla ni acercarse demasiado a ella, ni procurarla con insistencia. Sólo la miraba en silencio y sentía que la amaba porque sabía que le gustaba. Por el hecho de que Beatriz estuviera allí, joven, alerta, sudorosa, la naturaleza a su alrededor se volvía insustancial, el aire suave, los cantos de los pájaros, las voces de los otros paseantes. El clima sólo podía ser bueno. Dispusieron la comida, Beatriz le ofreció su parte. Sensación de plenitud. Le parecía increíble devorar tantos tamales. Y de pronto el Sol rojo y visible, las nubes incendiándose, morados paradisíacos, desgarrones celestes. Todos corrían guardando cosas. El día terminaba. Era como si se movieran demasiado aprisa para el Sol.

Como no acierta a continuar con su novela le escribe una carta a William Styron preguntándole más sobre el hastío de Maudie, la estupidez de Helen, los deseos y el cuerpo de Peyton, la condescendencia de Loftis, complacido por el horror que le despierta la lectura de *Envuelta en la oscuridad*. Al dejar el Valle de las Monjas la lluvia caía sobre la carretera, un único, uniforme, ruidoso caer. Ramas de árboles doblándose, sonido del viento, ráfagas de agua que corría horizontalmente. Grandes hierbas se movían de un lado a otro. Los truenos se sentían en el cuerpo. La lluvia caía más y más de prisa, como si la aceleración de los coches la apresurara. A veces se producía una inclinación de un árbol completo, las ramas como vencidas por la arremetida de las gotas. En el asfalto la lluvia saltaba como si saltaran insectos del suelo. Espléndida elegancia de semáforos y otras señales bajo la rápida lluvia. Por la noche todo goteaba. La lluvia seguía pero parecía haberse tornado invisible, perceptible sólo en una constante disolución de las formas, en las contracciones del charco limitado por una banqueta. El escritor volvía a su departamento con dolor de piernas. Mantenía el paraguas abierto. Todo parecía haberse vuelto más pesado y singular. De pronto las ramas de los árboles se sacudían y la lluvia parecía arreciar con goterones más pesados y feroces. Un coche se detuvo frente a él como impidiéndole cruzar la calle. Dentro iban mujeres y hombres jovenes, seis o siete, y el más próximo a él abrió la ventanilla. Pensó que le preguntarían alguna dirección pero le gritaron: ¿me vendes tu paraguas, putito?, y arrancaron entre risotadas a toda prisa y con gran estrépito. Con qué poco se satisfacían esos jóvenes. Insultando a alguien que no conocían. Pero estaba escribiéndole una carta a Styron. Había leído mucho y creía en lo leído. Lo que el lenguaje hacía posible para él era que tendía a ser imposible. Su novela, en la prosa más transparente, describiría seres que habría podido conocer y gestos que eran los de todos, como si su objetivo, a la manera de Faulkner, digamos, fuese expresar la realidad de un mundo doliente y verosímil, actual, comprobable. Entonces, ¿cómo es que todo se convertía en la existencia privada de mundo? ¿Cómo expresar la simultaneidad del mundo? Escribía sólo sobre el proceso mediante el cual todo lo que había dejado de ser seguía siendo, todo lo supuestamente olvidado tenía siempre cuentas pendientes con la memoria, y todo lo que moría sólo encontraba la imposibilidad infinita de morir, es decir, que lo que querían alcanzar en el más allá siempre estaba mucho más acá... Su herida Blanchot... Sí, pero Beatriz era una fiesta para sus ojos. Y no sólo para sus ojos...

A las 7 de la mañana le habló la mamá de su amigo el actor y le dijo: Oye, el capitán va a estar en Sanborns de Insurgentes a las 10 desayunando con una señora y otro militar. Quiere que lo encuentres allí porque no puede sacar las cosas si no vas. Le preguntó, ¿cómo es que se llama? Ay, tú, es moreno él, apuesto, fuerte, no sé si se llama Federico o Fernando Rodríguez. El escritor estaba dormido. La mamá dijo bueno, no vayas a faltar, perdona que te haya llamado a esta hora. Cuando el escritor colgó ya se le había olvidado el nombre y no sabía muy bien si tenía que ir al Sanborns de Reforma o al de Insurgentes. Se levantó a las nueve. No había agua. No pudo ni lavarse la cara. Se vistió de Don Juan Tenorio y salió. No podía llamarse Fernando Rodríguez porque ese era el nombre de un editor. ¿Y qué? Cada quien se llama como se merece. Llegó a Sanborns a las 9:50. No había ni un solo militar en todo el restorán, que estaba llenísimo. Pensó que no tenían obligación de ir uniformados y que a la mejor venía vestido de civil. Se pasó 20 minutos recargado junto a los teléfonos y nada. Hasta que vio entrar a un militar chaparro y moreno, con una gran maleta en la mano. Todos los militares mexicanos debían ser morenos, concluyó, así que ese no era dato para buscar a nadie. Luego pensó que a lo mejor era el uniforme verde ejército lo que los hacía verse tan morenos. El militar dio vuelta y desapareció en el baño. Se acordó de un amigo que por fuerte y bajito recibía el sobrenombre de El Chaparrón. Diez minutos después había decidido que cuando saliera del baño le iba a preguntar si era el amigo de la mamá del actor. Pero dieron las 10:40 y el militar ese no salía del baño. Entonces casi accidentalmente vio las boletas aduanales que él tenía en días pasados allí, junto a los teléfonos, y a un muchacho vestido de conscripto (beige, pantalón, camisola y corbata de la misma tela) hablando por teléfono. Se acercó y le dijo que lo andaba buscando, yo soy el amigo de la señora tal (cada vez que pensaba en esa señora la pensaba bordando el nombre de su hijo en cada calcetín, calzón, camiseta, pantalón, camisa, pañuelo o corbata de su hijo). El conscripto hizo cara de qué barba más horrenda, ¿cómo se atreve este cuate a andar vestido así? O por lo menos hizo esa cara. Sí era. En el coche tenía su casaca llena de insignias y cordones y su gorra. El coche tenía placas oficiales. Lo acompañó hasta Palacio Nacional en tan absoluto silencio que hasta podía parecer respetuoso. Después fueron a la Industrial Vallejo, que a él siempre le parecía que quedaba 20 kilómetros más allá de la Chingada. Fue un viaje muy pesado, los dos en silencio. El escritor le preguntó por fin cómo creía que iba a reconocerlo. Él dijo que su amiga sabía que iba a ir uniformado. El escritor dijo que él pensaba que todos los capitanes andaban de verde. En la Aduana pasaron con el subdirector y el capitán, que se llamaba Rodrigo Fernández, le dijo que no se podía, no se podía y no se podía. Entonces el capitán sacó su charola del Estado Mayor Presidencial y todo se arregló. Se cambió el remitente porque no se podía cambiar el destinatario y el nombre de su amigo actor fue borrado de todas partes. Se cambió el lugar de procedencia y como el capitán había hecho un viaje a Nuevo Laredo, a todos los bultos se les puso que venían de Nuevo Laredo. El capitán mostró entonces su pasaporte y les dieron los bultos. Tuvieron que pagar $ 1.10. El capitán volvió a Palacio y el escritor tuvo que tomar allí un pesero. Debía estar en el periódico a las dos y apenas le daría tiempo. Cae que no cae se bajó en la Alameda y la atravesó para encargarle al librero los siete bultos, sudando a chorros y haciendo un esfuerzo digno de mejor causa. Encargó los bultos, se fue a trabajar y por la noche volvió a recogerlos con Beatriz y su amigo pintor. Era ropa, revistas y regalitos comprados durante la gira del Can-Can. Seguramente sería ropa sucia. Así que tiraron los paquetes al fondo del clóset, sin abrir ninguno, y salieron de nuevo a cenar. En el departamento todavía no llegaba el agua y el escritor cruzó los dedos para que por lo menos a la mañana siguiente pudiera bañarse.

Lo despertó el escándalo de Beatriz al descubrir que la sala y el comedor se habían convertido en un lago de tres o cuatro centímetros de profundidad. Se levantó alarmado y chapoteando para entender que el día anterior habían dejado abiertas las llaves del lavabo cuando no había ni gota de agua, y por la noche el agua había llegado, salido a chorros y con tal intensidad que no alcanzaba a desahogarse. Al pisar la alfombra sentían que caminaban en arenas movedizas. Estaba inundado todo el departamento, excepto partes del clóset y la cocina. Se vistió a toda prisa y bajó a comprar ocho kilos de periódico y los extendió para que absorvieran parte del agua. En un instante se humedecieron y entonces sí que pesaban más del doble. Bajaron otra vez y compraron ocho kilos más. Bajó la portera y empezó a sacar agua con una jerga. Llenaron como 40 cubetas, y el ruido al exprimir la jerga, llenar la cubeta, tirar el contenido por la taza del baño, empezó a levantar protestas de los vecinos de abajo, la viejita y el maricón, que empezaron a gritarles cosas por las ventanas. El escritor y Beatriz se veían asustados. Llegó la sirvienta y entre los cuatro arreglaron lo arreglable. Entonces seguía el problema de cómo secar tanta humedad. Abrir las ventanas era peligroso, porque el cielo se veía nublado y probablemente no tardaría en llover. Las vecinas de enfrente les prestaron un calentador eléctrico. Al escritor le dolían las piernas de tanto bajar a tirar periódicos mojados. Vio su reflejo en la puerta del edificio. Lo que hacía era siempre un reflejo. Él mismo podía ser un doble. A veces se veía caminando entre calles que parecían fotografías bidimensionales. A veces otro sí mismo parecía resguardarlo; cuando de niño le comentó esto a su abuelo, éste lo confundió con la historia del Ángel de la Guarda. Hoy no sabe que 40 años después lo miro con curiosidad casi entomológica. Y otro que es también como nosotros nos mira ahora juntos. Mientras que el texto en el que se cuentan estas tropelías no es propiamente una novela, sino apenas una referencia a otras novelas.

De la novela prefería no hablar. Iba a tratar de desescribirla. El problema de la autocrítica era que empezaba por quitar un adjetivo, una frase, una línea, y arrojaba fuera todo un párrafo, y a veces toda una página. Advertía que debía escribir más y más, que los supuestos lectores no tenían las referencias que él requería. Por ejemplo, tenía esa fiesta azteca de la cosecha a la que hacía asistir a Lawrence y Frieda. El baile que duraba varios días y los guerreros con el cabello entretejido y arreglado a la manera de las mujeres, y todos con flores amarillas en las manos. Era un baile de movimiento de manos. ¿Tendría que meter los nombres en náhuatl? ¿A quién servía saber que ese baile se llamaba Tekomalpiloloya? ¿Y que las flores amarillas eran Zempoaxóchitl? ¿Y que el rey traía una tilma de mariposas papalotilmatli? ¿O bastaría decir una tilma? ¿O xikolli de los sacerdotes en vez de la tilma de los sacerdotes? Afortunadamente contaba con la comprobada curiosidad de Lawrence, y con los arqueólogos y antropólogos que eran sus amigos y le explicaban todo. Porque para empezar había que tener una idea de la deidad principal para quien se celebraba dicha fiesta. Tosi: nuestra abuela, que no era otra que Tlazoltéotl: diosa del pecado y la inmundicia; o Teteoi-nan: madre de los dioses, o Chikemocóatl: diosa del maíz. Todas ellas, advocaciones de una misma deidad, la Diosa de la Tierra. Pero de todas estas manifestaciones, a su Lawrence, o a él como Lawrence, le interesaba Tlazeoltéotl, también llamada Tlaelkuani, devoradora de la suciedad, o en cuatro personificaciones suyas, llamadas también Ixkuinameh, diosa que tenía el poder de incitar deseos lascivos y favorecer las uniones sexuales no permitidas, pero que además tenía en sus manos el poder de perdonar los pecados, de los que se hacía una pública confesión una sola vez en la vida, a avanzada edad. Esta diosa de la lujuria fue adorada por los aztecas, pero también por los totonacas. Tlazoltéotl presidía la fiesta de la cosecha Ochpanistli, en unión de los demás dioses y junto con Makuil-xóchitl e Ixtlilton, los dioses del juego, del canto y del baile. Aquí se detuvo. Frente a la página en blanco se sentía libre, capaz de juegos y violencias, de acercamientos amorosos y pasionales, de aventuras sin fin. Comprendía el ingente trabajo que lo aguardaba durante los próximos meses. Pretendía describir el interés de Lawrence por el pasado y los mitos de México. En el fondo una defensa de lo indefendible, una garantía de lo ingarantizable, un hálito de alegría prestado a la nada. Así sentía su tarea. Guau.

Repintaron de blanco hospital, el pequeño departamento, y se veía hiperascéptico. Iban a ir a lavar la alfombra. 6 pesos por metro cuadrado. Si el lavado no quedaba bien la teñirían de gris rata. 20 pesos metro cuadrado. Cambiaron los focos de lugar, del centro y arriba, donde estaban, a una esquina. Ahora sólo les faltaba comprar unas lámparas. También mandaron lavar las cortinas, que quedaron irreconocibles. En esos días el pintor atropelló a un niño y tenía líos terribles con la policía. El gobierno planeaba cerrar el centro de la ciudad al tránsito de vehículos de motor. Planeaban hacer una réplica del México del siglo XVIII con un costo de 700 millones de pesos. Quitarían los edificios modernos para contruir réplicas de los antiguos que estaban allí. En el Centro de Escritores atacaron ferozmente su nuevo capítulo. Él se defendió, pero más tarde decidió eliminar de su manuscrito todo cuanto pudiera hacer referencia a esas ansias de salvación, que él insistía en relacionar no con el cristianismo, sino con la filosofía occidental. En cuanto llegó al departamento empezó a revisar la novela y a tachar, a sacar de la misma páginas completas, casi cien en total, que trituró y arrojó con perfecta puntería en el cubo nuevo de la basura. Había otras que debería trabajar más. Vasconcelos recibiendo una invitación anaranjada para celebrar la inauguración de los murales del auditorio de la Escuela Nacional Preparatoria, trabajo que resucitaba la pintura mural "no sólo de México, sino del mundo", y que daba a nuestro país *un nuevo florecimiento sólo comparable al de los tiempos antiguos y cuyas grandes cualidades: buena ejecución, sabiduría en su proporción y valores, expresiva claridad y fuerza emocional (todo dentro de un auténtico mexicanismo orgánico libre del insano y*

fatal pintoresquismo) señala esta obra como insupera-
ble y los amantes del arte de la pintura pueden absor-
ber de ella la ciencia y experiencia que contiene...

Mejor menos historia y mas frivolidad. Discusión por ganar lugar frente a la ponchera. A Diego Rivera se le debería caer su vaso. Lombardo Toledano abrazaría a José Vasconcelos cuando llegara. Rodríguez Lozano gruñiría que Diego era un corruptor del arte. Henríquez Ureña pontificaría que era uno de los mejores pintores del mundo. Alfonso Caso concluiría que se trataba de un exceso de genio. Neymet contradiría que Diego estaba enamorado de la fealdad. Julio Torri, que el genio no creaba escuelas y que por fortuna no era contagioso. Una agraciada joven: Diego pinta feo porque es feo. Un dandy: no vayas a decirme, Elenita, que te gusta esa pintura, no me eches mentiras... Xavier Guerrero, Carlos Mérida, Juan Charlot y Amado de la Cueva le echarían una porra a los murales. El escritor se desperezó. La finalidad no era lo que lo hacía escritor, sino la verdad de lo que hacía. Cuidadete. Al diablo las preocupaciones morales y seudocientíficas, tendría que mantenerse jugando para que no se acercaran ni mistificaciones ni engaños. ¿Cuál sería el resultado? Si es que habría resultado...

Un especialista del Instituto Nacional de Antropología e Historia descubrió y desenterró en un pueblo a la vera de la ciudad, una gigantesca representación de Tlaloc, Dios de la Lluvia y la Fecundidad en el Valle que merecimos. Tardaron como tres años en construir una carretera especial a través de una montaña para poder acarrear la descomunal escultura. Los habitantes del lugar lincharon a una maestra a quien culparon de colaborar con los arqueólogos que se llevaban a su Dios de allí. Pero Tlaloc salió del pueblo y entró en la ciudad de México una noche y al día siguiente ya se exhibía en la entrada del nuevo Museo; cobraban 3 pesos por visitarlo. El escritor había ido con la bailarina al cine Arcadia para ver una película de Jean-Paul Belmondo y Lino Ventura llamada *Como fiera acorralada*. No era que les interesara particularmente esa película, que resultó interesantísima y decorosa, sino que estaba lloviendo y no tuvieron mejor opción que meterse al cine. Salieron a la medianoche en punto. Los voceadores gritaban: ¡Lean lo de la lluvia que provocó Tlaloc! Se habían inundado los pasos a desnivel y buena parte de la ciudad. Pero ya no llovía. La Extra decía a ocho columnas: TLALOC LLEGA HOY. La bailarina le preguntó con malicia, ¿quién es Tlaloc? Y él respondió, un rey europeo, porque estaban en México la reina y el príncipe de Holanda… En eso que vuelven la cabeza y por la bocacalle de Balderas y avenida Juárez ven pasar a Tlaloc, en medio de gran alboroto popular. Apresuraron el paso. Era un verdadero despapaye. Tlaloc iba acostado sobre una plataforma especial con 44 llantas Goodrich Euskadi, según decía una manta.

Lo arrastraban tres trailers rutilantes. Había muchos soldados que impedían al público acercarse a la escultura y más gente que en la Villa de Guadalupe los 12 de Diciembre. No pasaban coches sobre Reforma porque desde horas antes habían cortado el tránsito. Grandes reflectores iluminaban los acontecimientos desde el Caballito y había cámaras de cine por todas partes. El escritor y la bailarina se sentían como extras de una película de Fellini. La gente estaba loca y gritaba y trataba de organizarse para lanzar porras y de pronto se oía un a la bio a la bao o un goya, o un huelum. Se encontraron a muchísimos conocidos, inclusive al hermano del escritor, tomando fotos. Había muchas jóvenes bonitas y el escritor las abrazaba con fervor nacionalista. ¡Que sí, que no, que cómo chingados no! Eran las doce en punto y caminaron hasta el departamento. Para cruzar las calles y que pasara Tlaloc, hombres en camiones de la Compañía de Luz cortaban los cables eléctricos y luego volvían a soldarlos, ya que se iba la comitiva. Tlaloc pesaba 1 700 toneladas y había costado más de un millón de pesos llevarlo hasta su nuevo domicilio. La bailarina tuvo que subir. Cerrado el tránsito de Paseo de la Reforma, no podía ir a ninguna parte. Entraron al departamento y él la besó. No me esperaba esto, dijo ella. Todavía tenían la ropa húmeda; él empezó a desvestirla y ella colaboró con eficacia. Estaban junto a la mesa del comedor. Al psicoanálisis freudiano lo tachaban de cínico porque proponía que todo lo que hacemos los seres humanos termina, en definitiva, en impulsos sexuales y sus deformaciones. Ya conocía la desnudez de la bailarina, pero se encontró embelesado mirándola tan disponible y siendo mirado por ella, besándola y siendo besado, acariciándola y siendo acariciado. Tan dura y tan suave a un tiempo. Se acostaron sobre la mesa. Su erección era ya casi una eyaculación. Así que difirió deliberadamente lo más posible el coito y se demoró (parsimonioso y fascinado) en homenajear y festejar cada rincón de su cuerpo. Habían encendido una luz tangencial. La bailarina estaba allí, descoyuntada, nerviosa y espléndida, y al escritor no le bastaban dos manos, dos ojos, ese olfato, un solo cetro. Creyó que ni siquiera podía parpadear. Ya se sabe que la sexualidad debe residir por entero en el campo de lo visible.

¿Reanudaría ahora el tema del matrimonio postergado? No sentía ánimo de confrontar a Beatriz. No sabía si hablarle de lo ocurrido con la bailarina y procurar su comprensión o su rechazo, o no decirle nada, y esperar a que se enterara por alguna otra persona y entonces negarlo todo. Además no había sido nada premeditado y posiblemente no se repetiría. La bailarina no estaba en México y no lo había llamado ni una sola vez. Beatriz presentaba exámenes y no intuyó nada extraordinario cuando él le pidió que lo dejara dormir hasta muy tarde los siguientes días. Y es que no tenía ganas de verla. ¿Se aburriría tan pronto e iba a casarse con ella? ¿O era sólo para mantener animadas las brasas del matrimonio a la vuelta de la esquina? A su amigo arquitecto le prestó su abono de la Sinfónica y éste invitó a una amiga. Un doctor, amigo a su vez del arquitecto, había ganado un importante concurso de novela y el escritor quería conocerlo. Ese viernes el doctor hacía una fiesta y el escritor fue a esperar al arquitecto y su amiga a la salida de Bellas Artes para ir con ellos. La muchacha le gustó. Alta, delgada, pecosita, de ojos pequeños y negros pero muy vivarachos, simpática y de voz ronca. Diecisiete años. Fueron a tomar un helado a Tibet-Hamz y después la llevaron a su casa en un taxi, un edificio de la calle Pennsylvania. Ella los invitó a subir y al escritor lo impresionó el lujo del departamento. Para empezar tenían un Utrillo supuestamente auténtico. En un librero TODOS LOS LIBROS PUBLICADOS POR EDITORIAL AGUILAR, lo que implicaba que no leían nada pero gastaban en libros sus buenos miles. Muebles muy finos, muy al gusto de la colonia Nápoles. La dueña del lugar, de unos 40 años, muy refinada, elegante, misteriosa, de lentes oscuros, largas piernas y provocativas caderas. Asidua de las fiestas a las que iba el arquitecto todos los viernes. A la muchacha que fue a la Sinfónica nunca la habían invitado a esas fiestas, y su mamá, por esa noche, aceptó que fuera un ratito. El arquitecto, según él, salía con esa mamá desde hacia tres años. Un rato después iban los cuatro en un taxi por la avenida Insurgentes y ya era la una de la mañana. La fiesta a la que llegaron estaba muy animada. La mayoría de los participantes eran mayores que ellos, muy avantgarde, cachondeándose a la vista de todos. Las mujeres se vestían y peinaban a la moda y había más de tres bellísimas. El Doctor era un tipazo. Igualito a José María Morelos y Pavón, inclusive con una mascada en la cabeza. Deportista, mal pintor, cirujano. Había ganado 10 mil pesos en un concurso para médicos escritores en el que su amigo de Uruapan había quedado en segundo lugar. A la flaquita pecosa la agarró un tipo que podía ser su padre y empezó a bailar con ella muy arrabalero. Todas las mujeres abrazaban y besaban al arquitecto, y el escritor entendió por qué su amigo nunca faltaba a esos festejos. Como el escritor empezó a ponerse nervioso por la manoseada que le daban a la flaquita pecosa, fue a rescatarla y le dijo al tipo que ella le había prometido una pieza. Bailó abrazándola casi hasta la asfixia y luego subieron a una especie de buhardilla, donde se les unió muy pronto el arquitecto. Allí estuvieron hasta las cuatro de la mañana, conversando, y de pronto la niña le dijo al escritor, qué lindo eres, y le tomó la cara y lo besó. Él sintió descentrarse y miró al arquitecto casi con temor, pero el arquitecto le guiñó el ojo. En eso subió la mamá y le dijo al arquitecto que ya se la llevaran. Al bajar vieron a uno de los músicos, el que tocaba las tarolas, besándose con José María Morelos y Pavón. La muchacha más espéctacular, modelo de TV, borracha, tenía un rotundo seno descubierto, de aureola casi negra, y un amigo del arquitecto trataba de desvestirla allí mismo. La flaquita pecosa le confesó que quería ser bailarina y que su mamá la obligaba a estudiar para secretaria. Una señora vomitaba y otra estaba derribada junto a la puerta y tuvieron que saltarla. Afuera el arquitecto fue a buscar un taxi y el escritor y la niña lo esperaron en el rellano del edificio. Él le dijo que sabía que ella era de muy amplio criterio, pero que de todos modos, lo que habían visto en ese departamento era más bien deprimente. Sobre todo que a la modelo ésa no la hubiesen desvestido por completo, ciniqueó él. Ella le dijo que era bellísimo y lo abrazó. Él le acarició los senos y la besó. Al final la dejó con el arquitecto en el edificio de Pennsylvania y se fue caminando hasta su departamento, donde llegó como a las 7 de la mañana. Acababa de entrar cuando tocó Beatriz, porque la Preparatoria estaba en huelga otra vez. Hicieron el amor cuatro veces y se durmieron abrazados hasta el mediodía. Sin hermosas mujeres su mundo se hundiría en el absurdo y la nada.

No entiendo qué pasa. Bueno, aunque esto es lo normal. Sólo después de un gran esfuerzo de concentración vuelvo afuera de la librería de avenida Hidalgo y me veo a mí mismo mirando al joven escritor aún sin libro publicado encontrarse con su hermano y discutir con él. Hace mucho calor. Es una escena que ya he vivido, que he recordado muchas veces, que ya he mirado, que ya he rescatado, revisitado, anotado. El escritor está furioso y habla de algo que afecta su privacidad o su libertad, no se entiende muy bien, y manotea tanto que es imposible acercarse. Está sudando. Al librero le explica que está molesto porque su jefe lo hizo volver de Uruapan. Lo seguimos y vemos que compra un vestido para Beatriz. Todos los que lo acompañamos estamos contenidos en él, potenciados y hasta casi previstos, aunque no nos piense ni nos perciba con claridad. ¿El escritor a los 30 años? ¿A los 40? ¿A los 57 cuando recibió público reconocimiento? ¿A los 64? Beatriz lo encuentra cuando sólo tenía 20, en su departamento, y lo besa. Pero él se porta hosco y distante. Beatriz imita su cara de enojado, trata de hacerle cosquillas, no participa para nada de su estado de ánimo. Él le reprocha algo que no alcanzo a escuchar. Hablan de una mentira pequeñita, sin importancia. Ah, ya recuerdo, un orgasmo fingido o algo así. Además, Beatriz había tocado el timbre y él no había abierto la puerta. Se estaba rasurando. El actor le prestó sus llaves y subió hecha una furia. Estaba tan enojada que asustaba. Si estuvieran ya casados sería una esposa ejemplar. O ese era un buen ejemplo de lo que lo esperaba. Un aire como eléctrico, un ambiente muy tirante. Los dos caminaban de un lado a otro como pollos sin cabeza. Hasta que el escritor recordó que tenían una cita y no quería faltar porque su amigo músico le había recomendado mucho la música. Voy cerca de ellos hasta la Casa del Lago. ¿Por qué no? El auditorio es muy pequeño y la sillería muy inclinada. Casi reconozco a todo el mundo: una pequeña sociedad letrada, ensoberbecida e intensa. Vimos Landrú, una opereta, y *La mano del coronel Aranda*, un espectáculo que a veces ganaba con los actores tanto como perdía con el texto de Alfonso Reyes o vivecersa (como escribe Cabrera Infante). ¡Las mataba por dinero! ¡Qué barbaridad! Según otro escritor que se sentó a su lado, el mismo actor que hacía Landrú hacía de jefe de policía y además se parecía muchísimo a Alfonso Reyes. Las mujeres asesinadas aparecían al final vestidas de policías travestis y repugnantes. Pero la música tocada por su autor, de cannotier y camisa rayada, era contagiosa, ligera y padre. Salimos de allí rumbo a La Especial de París. El pintor le contó al escritor que estaba a punto de separarse de su pareja porque no entendía nada de la libertad personal. Beatriz se veía molesta y el escritor malhumorado. Beatriz no comió nada y se arrinconó enfurruñada. Fuimos al cine club a ver *Un rostro en la muchedumbre*, y a la salida Beatriz afirmaba odiar a la bailarina y gritaba, rasguñaba, se ponía hecha una loca y manoteaba enervada, completamente histérica y hasta amenazaba con autodestruirse. Los acompañé a llevarla a su casa. Pero no había nadie. Fuimos a casa de su tía pero el escritor no se animó a dejarla porque Beatriz estaba en la apoteósis de la bilis, pateaba, golpeaba, mordía, gemía, lloraba. La Muchacha que Tenía la Culpa de Todo. Decidieron volver al departamento. Beatriz no cesaba de aborrecer a la bailarina. En el departamento el escritor hablaba y hablaba. Desviaba su atención hacia los libros que leyeron durante esas semanas. Los numeraron, 15 en total. No podían creerse cultos. El escritor se veía triste. Se sentía como todos: egoísta, envidioso, asustado, cretino, iracundo, estúpido. ¡Soy la culpable de todo! ¡Yo! ¡Yo!, gritaba Beatriz, crispadas sus bellas manos huesudas, largas, sudorosas. El escritor, aterrorizado y como derrotado. Sintió que debería alejarse de Beatriz. ¿Ya dije que se veía triste?

En la oficina había demasiado trabajo y el Director salió al baño con su provisión de hojas de papel carbón. Regresó y llamó a todos, que lo siguieron en fila india hasta el baño. El Director entró con ellos. El escritor pensó que iban a ver a una pareja haciendo el amor o algo así. Alguna ilusión erótica, la *imago* apetecida, algún esquema sexual. El Director se subió a un urinario y abrió una pequeña ventila arriba de la ventana de vidrio esmerilado. Miren qué belleza, dijo, y señaló: Júpiter. Todos le siguieron la corriente y el escritor se quedó anonadado, ingenuo, crédulo, ideologizado, manipulado, ofuscado y peor, manipulable. Pensó una vez más que le gustaría poseer "una conciencia verdadera". Encontrarse en una pequeña élite de reflexión de ingenuos que ya no creían en los valores, que habrían superado las ideologías y desechado las ofuscaciones. Ya no se dejaría manipular. El Director llegaría hasta la oficina y los urgiría a seguirlo, pero entonces él seguiría con su trabajo cernido sobre las páginas desperdigadas en su escritorio. Dejaría al Director hablando solo. Estaría más allá del bien y del mal. Todo dependía de si esta nueva jerarquía intelectual podía convertirse a la vez en una jerarquía política. De si los No Ingenuos, en relación con los Ingenuos, serían los dominantes. Pero, ¿sería que todos los ilustrados, todos los realistas, todos los ingenuos serían también Grandes Inquisidores, es decir, manipuladores ideológicos y engañadores morales que utilizarían su conocimiento de las cosas para dominar a los demás, aunque fuese para el presunto provecho de ellos? Bah. Júpiter. Bah. Su amarga antropología le sugería que quería y tenía que ser engañado. Necesitaba cierto ordenamiento, cierto dominio, y para dominarlo se necesitaban mentiras, muchas mentiras. Allá estaba Júpiter y le bajaban el sueldo por cualquier cosa. Allá estaba Júpiter y no sabía si casarse o no. Allá podía verse Júpiter y el Director, para no usar papel higiénico, se proveía de papel carbón. Por la noche fue a visitar a Beatriz y abordó un camión Mariscal Sucre. Frente a él iba un plomero, deteniéndo un tubo vertical que casi llegaba al techo. Y las mujeres que subían se detenían de ese tubo creyéndolo parte del transporte. El camión en la glorieta de Insurgentes dió una curva pronunciada y el plomero resistiendo la fuerza centrífuga aferrado a su tubo, y la carcajada de todos los pasajeros. Bah. Júpiter allá arriba, imperturbable y lejísimos.

Hacía mucho calor y acompañé al escritor a deambular por la Zona Rosa y luego a dejar a Beatriz en un camión. Como se encaminó hacia el centro de la ciudad seguí tras él, tratando de meterme en sus pensamientos. ¿Oír sus pensamientos? Pareciera que sólo tenía cabeza para Beatriz. La imaginaba dentro del camión frente al Cine de las Américas. Recreaba el paisaje que vería de ir en el mismo camión. Íbamos por Paseo de la Reforma y cuando llegamos a la Alameda, el camión imaginado ya iba en la esquina de Louisiana y cruzaba Alabama. Creía ser al mismo tiempo un joven camino a la librería de su amigo y una joven descendiendo frente al jardín Esparza Oteo e iniciando el camino hacia su casa, abriendo el zaguán, subiendo la escalera, cruzando otras dos puertas, dejando sus libros en el ropero, enojándose con su mamá, saliendo a la calle rumbo al Sanatorio. El amigo librero ya iba a cerrar su cortina metálica y él era Beatriz marcando el número de teléfono de la librería. Sonaba el teléfono de la librería cuando el escritor llegó allí. Le dijo al librero, yo voy, debe ser Beatriz. Pero contestó su amigo y en efecto, era Beatriz. Le contó esta insólita manera de medir el tiempo, de preveerla. Esperaba su asombro, cierta sorpresa, su comprensión, pero Beatriz de esas cosas no se asombraba. El librero le regaló una novela de Aurelio Robles Castillo: *¡Ay, Jalisco…, No te rajes! O la guerra santa.* Su Guerra Conyugal.

En la oficina del Suplemento, como no había llegado nadie, el escritor empezó a reescribir por centésima vez un episodio de su novela en proceso, en el que Lupe Marín descubría a su esposo Diego Rivera haciendo el amor con la hermana adolescente de ella. ¿Cómo describir su furia? Combinaba voces y acciones, groserías, ruidos y onomatopeyas para representar la ira. Lupe comenzaba por destruir todas las pinturas que podía, rasgándolas y trozando los bastidores. Al tirar los colores y vasos con pinceles de un pequeño buró, el mueble se cayó y al abrirse ella vió la pistola de Diego. En el manuscrito del escritor Diego pintaba los murales de San Ildefonso siempre con esa pistola al cinto. Una vez un periodista le preguntó: ¿Y para qué la pistola, Diego? Y Diego, enarbolándola como pistolero, sentenciaba: Para orientar a la crítica, muchacho... Pero ahora, encabezando la página, **su** página, Lupe tenía esa pistola en la mano, la amartillaba y amenazaba a Diego con destrozarle un brazo. Diego no paraba de hablar, consciente de que si se callaba un instante, ella podría disparar, o peor, dispararía. Lupe temblaba de emoción y nervios, sudaba, como recorrida por descargas eléctricas. Tres páginas después, Lupe empacaba algo de ropa y empujaba a su hermana fuera de allí. Diego suponía que rumbo a Guadalajara, a casa de sus padres. Entonces venía la descripción de su depresión, una especie de depresión postparto. Comía poco, permanecía insomne la noche entera, creía haber perdido el pulso para dibujar. Los amigos empezaron a señalarle que perdía peso. Hasta que decidió ir en busca de Lupe. A pesar de sus infidelidades se hacía evidente que dependía mucho de ella. Que la quería. En eso, un escándalo en la redacción del periódico, de la que lo separaba un cristal, llamó la atención del joven escritor. Y como parecía que iban a pelear tres redactores entre sí, se levantó del escritorio y salió a mirar. En el centro de la agitación estaba una redactora queretana de enormes ojos soñadores visiblemente nerviosa. Era esposa del redactor de deportes y juntos habían procreado tres hijos, que los días de pago el escritor veía corriendo entre los escritorios. Su esposo la había sorprendido entregándole una carta al redactor de sociales y autoritariamente se había acercado a él y reclamado el papel. El de sociales, sin tener la menor idea de lo que decía el papel y con completa naturalidad se lo entregó. En el papel se leía: "Fulano, me alborotas demasiado. Sueño contigo todas las noches. Me gustaría muchísimo acostarme contigo. Nada más de verte me excitas", y luego su nombre. El esposo se le fue encima al de sociales, que azorado no entendía qué estaba pasando. Entonces salió el escritor del cubículo del Suplemento y trató de detener al redactor de deportes ayudado por el Jefe de Publicidad y uno de los muchachos de talleres. El Subdirector del periódico detuvo al de sociales, que ya había empezado a defenderse. El Jefe de Sociales, jefe de la pareja, tomó el papel y lo leyó en voz alta. Me gustaría muchísimo acostarme contigo. Nada más de verte me excitas.

El escritor veía a la mujer entre fascinado, horrorizado y compasivo. Después, el Jefe de Sociales anunció que aunque se tomaba atribuciones que no le pertenecían, iba a despedir a la señora del recado, y dirigiéndose a ella le pidió que abandonara inmediatamente la redacción. El esposo quería entonces pegarle a ella pero el Subdirector del periódico lo contuvo y lo condujo hacia su despacho y allí lo encerraron. El escritor, para reponerse de semejante movida de tapete, se fue al cine a ver *El profesor distraído*, de Jerry Lewis, que le gustó tanto que se quedó a verla por segunda vez. Lewis era el director, argumentista, productor y actor. Y Stella Stevens estaba guapísima. La había visto antes en *El amor llamó dos veces* y, diablos, cómo le gustaba. ¿Qué estaría haciendo la redactora despedida de sociales? Si sólo quería un poco de lujuria, ¿por qué no complacerla? Uy. Porque no se trataba de liberar los sentidos, sino de quién era dueño de quién. Camino al departamento volvió a tratar de concentrarse en su capítulo y decidió que debería mostrar otros episodios de riñas maritales, dada la rudeza de Lupe y Diego y la desbordante energía de sus temperamentos. Recordó el chiste del inglés que se encontraba a su esposa haciendo el amor con su mejor amigo y empezaba a decirles que nunca se imaginó que a él, que le había abierto las puertas de su casa..., que cómo era posible que traicionaran su confianza..., que la amistad…, en fin, hasta que exasperado increpaba: ¡bueno, por lo menos dejen de moverse mientras estamos hablando! Debía reconstruir a Diego mostrando sus dibujos a una joven caribeña durante una fiesta en su casa. Lupe lo descubría y veía en él lo que nadie más podía ver, su dulzura de seductor, su labia donjuanesca. Lupe le arrebataba los dibujos y los destrozaba con furia inclemente, arañaba y tiraba de los cabellos a la sorprendida cubana e inmediatamente se lanzaba sobre Diego con los puños cerrados, tratando de pegarle en la cara, y Diego la esquivaba. Tenía que revisar el libro de Wolfe, que era donde había leído el episodio. Creía que el propio Wolfe había estado en esa fiesta y que luego escondía a Lupe, a quien Diego arrastraba de los cabellos y amenazaba de muerte por lo que había hecho. Pero no se acordaba muy bien. Hacía un poco de calor y al pasarse una mano por la cara la sintió sucia de contaminación. Era como si todos esos episodios pidieran hablar de nuevo a través suyo, pero a veces no hablaban, no podía retenerlos con palabras, sus palabras nunca bastaban. O era como si escribiera para no decir nada, como si hablara para no decir nada. O como si no valiera la pena escribir. No se arreglaba nada ni se entretenía a nadie. Y no eran sueños de un nihilismo desvelado. El lenguaje debía su sentido no a lo existente, sino a su alejamiento permanente de la existencia. Pasaron 300 años de Colonia y el lenguaje se mantuvo allí, tras la Independencia, las invasiones, la Revolución, la Guerra Cristera. Y el lenguaje siempre mantenía ese alejamiento y esa presencia. Catástrofe tras catástrofe y triunfo tras triunfo. Esto implicaba quizás que no decir nada sería la única esperanza de vencer al lenguaje. ¿Pero para qué tenía que vencerlo? O no se trataba de vencerlo, sino nada más de estarlo jodiendo, de no aceptarlo a ciegas, de desconfiar, recelar, sospechar de él... Al abrir la puerta de su departamento recordó que desde esa mañana no había agua. Lástima. Porque tenía ganas de un baño. Urgencia de un regaderazo. Quería sacudirse todas las palabras. Para calmar sus ansias de novillero, digamos.

El escritor y su Beatriz fueron a la Sinfónica porque tocaría el piano Bernad Flavigny, y en el vestíbulo del Palacio de Bellas Artes se encontraron al profesor bisexual y a la bailarina. Desde la noche del acarreamiento de Tlaloc el escritor no había visto a esa muchacha de nuevo ni ella lo había llamado, así que cuando se cruzaron él murmuró medio sarcástico: ay, mira, la que ya no me habla... La bailarina volvió la cabeza a otro lado, pero el profesor bisexual se detuvo a saludarlos, la vista fija y golosa en los senos de Beatriz. Conversando animadamente se dirigían al tercer piso pero decidieron quedarse en el segundo porque había muchos asientos vacíos. El profesor se colocó al lado de Beatriz y el escritor alcanzó a escuchar que él prefería la Sinfonía 1949 de Lieberman porque sonaba a *jazz*. La bailarina como que no se atrevía a ver a los ojos al joven escritor, y en un momento él rozó su mano y ella se estremeció notoriamente. Préstame tus piernas para el sábado a mediodía, le murmuró el escritor casi al oído y por romper el hielo. A esa hora me voy a bañar, pero si quieres te las presto ahora mismo, picardió ella. Va a verse mal delante de tanta gente... No seas pendejo, que chinguen a su madre. Bueno, entonces préstame atención porque se la voy a mentar a todos los anteriores, a los que la tienen como nuez. Hablaban sin mover los músculos de la cara. Como si no hablaran. O como si de hablar se tratara, hablaran de asuntos muy solemnes y respetables. Bueno, decía ella, eso de que la tienen como nuez, realmente no lo sé, pero me gustaría que por lo menos supieran a eso. Bueno, todo esto en el supuesto de que mi maldición hubiera surtido efecto y si no, mala suerte, porque se la merecen. O peor, no te merecían y te entretuvieron, entonces que se chinguen. Soy tan pendeja que aunque yo sabía que no me merecían se las dí, a veces pienso que soy ninfomaníaca. Yo no estoy hablando de lo que pareces, sino simplemente de que me prestes un poco de lo que te conté. Eso de contar se presta para desviar la conversación. Aquí lo único que me tienes que prestar es lo no mencionable. ¿Tú crees que sacaríamos algún provecho? Yo más bien creo que metería primero y después sacaría. Lo malo es que si me das un complejo, luego quién me lo quita. Lo único malo en este mundo es tener las nalgas de chilindrina y no poder ponerse los calzones, todo lo demás pasa; y a propósito, si me pasas la cuenta de mis servicios psicoanalíticos, mejor. Ay, maestro, no ve que soy muy pobre, creí que me los iba a perdonar. No se trata de ser pobre, sino de ser o no comestible, digo, por eso de las me prestas de panadería, en la suposición de que así fuera, y ¿no cree que en vez de perdonar, en caso de empezar, lo mejor sería terminar? ¿Hace cuánto que no ve usted la hora? ¿La hora de volver a acostarme con usted...? Yo decía lo de la hora porque a lo mejor podemos echarnos uno al rato, aquí en los vestidores, depende de la hora que sea. Para eso cualquier hora es hora cero, así que cuide usted sus palabras y aclaro que desde que usted confesó que las llama Palabras, nos vemos en muchas confusiones. Palabras o bolitas de naftalina, es lo mismo cómo las llame... Yo todavía no me la... A menos que sea usted el Gaucho Veloz. Precisamente porque no soy el Gaucho Veloz estoy esperando la hora. ¿La hora de qué? La hora de usted se decida a bajar las escaleras, suponiendo que les podamos decir escaleras. Ah, las escaleras, pues hoy no puedo porque traigo taçones altos. Usted no puede asegurar si los tengo altos o no altos. Con esta plática ya se me están mojando los calzones y eso que no ha empezado ni la introducción ni el *allegro*. Quíteselos inmediatamente, no se vaya usted a resfriar. ¿Usted se anima? Pues yo digo que estaría bien salirnos un ratito. ¿Tendríamos tiempo de hacerlo bien? Siempre hay tiempo y a lo mejor mañana llueve. Insisto en que ha llovido bastante en mi milpita. Entonces un elotito más o menos no importa. Yo me refería a que ya llovió hace rato. Y yo a que es muy bonito caminar bajo la lluvia. Mire usted, cuando ha llovido mucho apesta el terreno a demonios, a menos que a usted le guste el olorcito. Fíjese que lo único que puede pasar en un lugar llovido es resbalarse y a veces nada más resbalándose se puede entrar a ciertos lugares. Piense que estuvo lloviendo toda la tarde y concrétese a responder si le gusta o no el olor a tierra mojada por varias horas de lluvia. Fíjese que tengo una antena que se regocija tanto con el olor mencionado que inmediatamente expele su repelente. Bueno, piense usted que por aquí no hay mucha agua y no quiero llegar a mi casa después de la lluvia y el repelente y la ropa revuelta. Si quiere usted, hasta la baño pero muy de mañanita porque tarde le hace daño. Pues, ¿qué horas son? Es la hora de encerrar a un millón de futuros haudinis en una cavernita que queda por allí. Imagínese que si llego tarde a mi casa, me ponen como camote. El camote lo pongo yo y precisamente por imaginarnos cosas estamos tan nerviositos como estamos. ¿No me diga? Pues empecemos y a ver qué pasa... Lo que va a pasar entre nosotros no hay que ponerlo en duda. El problema es cómo nos deshacemos de la Guardia Nacional. Eso no importa, los guardias son buenos para cuidar la milpa, pero nunca se dan cuenta de los traspasos, ¿por dónde quiere que empecemos? (En eso se apagaron las luces y entró el director de orquesta...) Hay que decirles que si nos dan 50 pesos prendemos de nuevo las luces. Insisto en que usted no debe tomarse atribuciones porque aquí, si alguien prende las cosas, soy yo. Pues ponte como quieras que a mí me encantan las posiciones complicadas. ¿Ve usted mi lucecita? Que bueno que los cohetes tienen esta clase de señales para dirigirse por el buen camino. Ahora baje usted un poco más la mano e intente desabrocharme el brassier. ¿Sabe usted nadar? Perdone que se lo pregunte ahora pero es que a veces eyaculo abundantemente. A estas alturas eso no importa, apúrese, papacito, apúrese. No me cisque; eso de papacito no lo podemos saber sino hasta como dentro de 5 semanas. Oiga, no se me adelante, que yo apenas voy en la segunda y ya usted va llegando al *home run*. (En eso entró al escenario el pianista y guardaron silencio para oír el *Concierto para la mano izquierda*, de Ravel...) El escritor tenía precisamente la mano izquierda en la entrepierna de la bailarina y la movía al compás de las cadencias ravelianas. Todo estuvo tan maravilloso que con aplausos hicieron a Flavigny repetir seis veces pequeñas piezas para piano. Un aplauso apoteósico, entusiasta, casi enloquecido. Al despedirse les dolían las palmas de las manos de tanto aplaudir. La bailarina le dio un beso con tanta intención que Beatriz lo jaló del saco para interrumpirlo. El profesor, al despedirse de Beatriz y por besarla en la mejilla, la tomó de la cintura con evidente delectación. Caminaban hacia el estacionamiento y había llovido. ¿Qué tanto hablabas con la bailarina?, reclamó Beatriz. Tonterías, sonrió él.

Beatriz le contó que había soñado que él tenía una pequeñísima jirafa que le habían regalado. Una jirafa *toy*, no más grande que una botella de refresco, pero viva, que orinaba, defecaba y tenía que ser alimentada. Y que después el escritor también tenía un hipopótamo de un tamaño similar, en proporción. Ella soñó que le preguntaba, ¿y por qué tienes un hipopótamo? Y en el sueño él respondía, lo cambié por la jirafa… Otra vez, ella había soñado con un equipo de filmación que hacía un documental sobre una águila calva, tímida y gigante, a la que rodeaban muchos pájaros pequeñitos, cientos de pájaros. El águila oteaba al cielo, arrogante, y los pajaritos decían que iban a ponerse en huelga. ¿Por qué?, les preguntaba el camarógrafo. Porque si no, no nos van a dejar entrar en los cines. ¿Porqué no pueden entrar los pajaritos en el cine? Ay, Beatriz. Estaban todos los amigos en el departamento. El músico le preguntaba al pintor: ¿cuál es el chile más educado? ¿El del Sumo Pontífice?, terciaba el actor. El que se levanta para que te sientes, rubricaba el músico. ¿Cuántos pelos tienes en el fuster?, preguntaba el pintor. No sé, respondió el actor. Mil y pico, dijo el músico. El arquitecto les propuso a Beatriz y al escritor que les escribieran a 100 industriales, a 50 recomendándoles que compraran determinadas acciones de la compañía A, y a los otros 50, pidiéndoles que compraran acciones de la compañía B. A la siguiente semana subirían los títulos B y los de A quebrarían. Entonces ellos deberían enviar 25 cartas a los favorecidos incitándolos a comprar acciones de AA y 25 a los otros favorecidos pidiéndoles que compraran BB. Subirán unas u otras. Entonces tenían que escribir 12 cartas recomendando las acciones de AAA y 13 las de BBB. Ganarían unos. Entonces ya solo tendrían que hacer 6 cartas recomendando AAAA, y seis BBBB. Luego tres cartas y tres cartas. Y para entonces tendrían a su merced a tres ricos empresarios dispuestos a hacer lo que les pidieran. Todavía podían escribir dos cartas y una, y luego solicitar entrevistas personales para recomendar inversiones, ya con pasaportes y pasajes de avión listos para abandonar el país. ¿No sonaba bien?

El escritor pensaba en dos libros posibles: *Dedicatorias completas* y *Fragmentos de novelas*. En la librería los clientes habituales perdían el tiempo. Él eligió un ejemplar de *Cuadernos del Viento* y una edición muy hermosa de un texto de Junger, *Sobre los acantilados de mármol*. El viejo poeta le contó que A se encontraba a B y le preguntaba ¿No nos hemos conocido en París? B se sorprendía: nunca he estado en París. A rectificaba: yo tampoco, entonces serían otros dos... El viejo poeta siempre tenía buenos cuentos qué contar. Le dijo que mucha gente lo confundía con el señor Camacho, especialmente un señor. La primera vez iban los dos muy de prisa y el viejo poeta no pudo explicarle el error. Pasaron dos años. Un día, en Misrachi, el viejo poeta vio a ese hombre que lo confundía al fondo de la librería y le preguntó al dueño: ¿quién es? Es el escritor Fernández Ledesma. Ese hombre se acercaba a pagar un libro que había elegido y el viejo poeta lo saludó respetuosamente con un buenas tardes señor Ledesma. Desde esa vez se encontraban con más o menos frecuencia y ambos se saludaban ceremoniosamente. Buenas, señor Camacho… Que la pase bien, señor Ledesma… Meses después, inesperado encuentro en la Alameda. ¿Cómo, señor Camacho, que no murió usted hace tres meses? Que yo sepa no, respondió el viejo poeta, y aprovechó la ocasión para aclarar el equívoco. Y terminó: así es, señor Fernández Ledesma, que yo no soy ni fui ni seré el señor Camacho. El otro se rió. Pues yo no me llamo Fernández Ledesma, sino Ruiz González, y rieron ambos. El joven escritor gozaba esas historias y el librero reía también y al joven escritor le gustaban esas risas. Hasta un cliente homosexual que andaba por allí se unió a esa algarabía. El librero decía que ese cliente era un mariconazo con vista al mar. El joven escritor empezó a hojear un volumen de cartas de Lawrence Durrell a Henry Miller, y al abrirlo al azar dio con la letra de una canción, al final de una página:

Papá no está
Mamá no está
¡Digamos groserías¡
Pipi, popo, caca,
bum, culito, calzón...

Su alegría parecía inexorable. Y el escritor se sentía inocente y afortunado porque la encontraba por todas partes.

Se levantó con la noticia de que iban a prohibir en toda la ciudad las variedades en restoranes y bares. Presentía que era una maniobra de un monopolista que quería dominar toda la vida nocturna de México. También iban a cambiar de sitio la escultura de Carlos IV, El Caballito, y ya habían comenzado allí la construcción de un paso a desnivel o algo así, con los consiguientes problemas de tráfico. La avenida Hidalgo estaba en ruinas y ese fragmento de Reforma ya lo habían trazado y abierto por completo. Estaban metiendo nuevo drenaje por todas partes. Popocatépetl tenía las tripas de fuera, Amores, igual, Amberes, en la Zona Rosa. Era como si a la ciudad le estuvieran haciendo la autopsia. En el periódico en el que trabajaba habían despedido a 90 empleados para ahorrar personal. Cuando iba hacia su oficina, en la esquina de Rhin y Reforma, 10 pasos adelante de él, un coche se estrelló contra un semáforo, lo rebasó y chocó contra un árbol después de rasurar la vereda alocadamente. Si no se hubiera detenido a mirar las revistas en un puesto de periódicos, ese coche lo hubiera atropellado. Vio que el chofer había salido ileso, pero muy pronto llegó la policía y lo golpearon porque no quería subir a la patrulla. Imaginó que los policías verían a los demás como delincuentes potenciales, o de facto, ladrones, estafadores, pederastas, ninfómanas, violadores o por lo menos promiscuos y adúlteros. Durante un instante se cruzaron la mirada del escritor con la de uno de los genízaros que golpeaban a aquel pobre accidentado, y el escritor desvió los ojos. No quería confrontarse con la policía, no con esos policías, no esa mañana. Se parecían a los soldados federales de su novela, que adonde llegaban era el Día del Juicio. Fusilaban, incendiaban, saqueaban, secuestraban gallinas y cerdos. Los campesinos decían que el gobierno los machucaba. Y los seguía machucando.

El escritor fue a la oficina del Registro Civil acompañado del pintor y el arquitecto. Llegaron a Puebla 114 y se encontraron con un letrero que decía que la oficina se había cambiado a Cozumel 126. Tomaron un taxi a Cozumel. El arquitecto llevaba 5 pesos, el pintor 3 y el escritor 3. En Cozumel esperaron bastante tiempo y cuando por fin llegaron hasta una secretaria, les dijeron que esa no era su Zona y que debían ir a la 7a. Delegación, en Santa María la Ribera 39. No les quisieron dar ningún dato ni ningún papel. Tomaron otro taxi y el pintor se bajó en

Paseo de la Reforma para ir a su Galería y pedir un anticipo. En la Delegación el ayudante del juez les dijo que necesitaban 4 fotografías de cada quién, los análisis, la solicitud de matrimonio y la autorización de sus padres. En la madre. El escritor no tenía fotos, ni Beatriz, ni se habían hecho los análisis. Había quedado de encontrarse con Beatriz a la una de la tarde en la librería. Ya sin dinero, el arquitecto y él se fueron caminando hacia la Alameda. Al salir del Registro un tipo empujó a su amigo y le tiró su reloj pulsera. Creyeron que el tipo había tratado de robarlo: al reloj se le había roto un perno que sujetaba la correa. Al pasar por una sucursal del Monte de Piedad el arquitecto le pidió que lo acompañara a empeñar su reloj. Entraron. Le dijo que necesitaba dinero. El escritor opinó que no empeñara nada y que él podía prestarle mañana o pasado. Hicieron una fila enorme. El reloj estaba muy sucio y viejo y el escritor opinó que le ofrecerían 20, o cuando mucho 40 pesos. Pero le dieron 600 y apenas recogidos de la ventanilla el arquitecto se los dio. Es mi regalo de bodas, le dijo, y perdona que no pueda darte más. Se abrazaron y fueron a desayunar. El escritor le devolvió 50 porque el arquitecto no traía nada, y no le dio más porque el arquitecto no quiso aceptar. Cuando llegó Beatriz a la librería se sacaron las fotografías en la tienda de al lado. Como el dueño era amigo del librero se las prometió para la tarde. Fueron al examen médico, pero no podían hacerlo sin tener previamente las fotos. Debían ir en ayunas y tardarían un mínimo de 8 horas para entregarles los resultados. Comieron juntos y Beatriz volvió a su casa. El escritor debía hablar con su hermano, pero no tenía dónde verlo. Por la noche quería ir al teatro al estreno de *El Gorila*, de Kafka, dirigido por Alexandro Jodorowsky, pero antes quería también ir a casa de Beatriz para hablar con su padre, pero no podía en tanto no recogiese las fotos, que no estuvieron a las seis de la tarde, sino hasta las nueve y media de la noche. Muchos de sus amigos lo acompañaban. Finalmente, ellos se quedaron en la librería esperando las fotos y él se fue al teatro porque tenía los boletos y había quedado de encontrarse allí con el doctor de Uruapan y su esposa. Su amigo pintor pagó las fotos y le regaló 1 000 pesos. El escritor pagó las entradas de todos y la obra les encantó. A la salida fueron a cenar y consiguió acostarse a las 5 de la mañana. Pero Beatriz lo llamó a las 6, que su papá estaba furioso porque le habían dicho que su hermano decía que no entendía cómo se podía casar él con Beatriz si no era de su misma clase social. En fin, Beatriz convino encontrarlo a las ocho en la puerta de la librería Juárez. El escritor ya no pudo dormir y decidió levantarse. De nuevo no había agua. Se frustró más que de costumbre. A las ocho llegó Beatriz al Caballito, muy guapa y contenta. Fueron a los análisis a un edificio fantasmagórico en la esquina de Bucareli y Ayuntamiento. Escaleras de madera, todo muy viejo y crujidor. La misma mujer que los recibió, disfrazada de enfermera, les sacó sangre. Hablaba con un tono mecánico e impersonal, y si ellos decían algo que no correspondía a la respuesta, ella hacía la siguiente pregunta de cualquier modo, fría y distante. ¿El nombre de la señorita? Beatriz tal y tal. ¿Son todos los nombres que aparecen en su acta de nacimiento? ¿Qué? ¿El nombre del señor? Beatriz pasó primero. El escritor tenía miedo del piquete y de que fueran a tener el mismo tipo de sangre o alguna enfermedad venérea, o algo peor. Beatriz y la señorita Eficiencia entraron a un cuarto. Dos minutos después salió la enfermera con una jeringa en la mano llena de sangre negra. Salió Beatriz detrás de ella con la nariz enrojecida. Dio tres pasos fuera de ese cuarto y estornudó. Dijo que creía que le iba a dar catarro. Pasó el escritor y no quiso ver ni vió el piquete ni la cantidad de sangre que le sacaron. Le pusieron un algodón y pidieron que doblara el brazo. Sintió picazón en la nariz. Salió del cuarto y después de tres pasos estornudó ruidosamente. Beatriz se rio. Pagaron 60 pesos y tuvieron que entregar cuatro fotografías de cada quien.

En el periódico el Director estaba furioso. El joven escritor había hecho mofa de un libro que resultó ser de un íntimo amigo suyo. Fue el autor a reclamar. El Director le exigió al escritor que se retractara públicamente y el escritor dijo que no. El Director dijo que de ahí en adelante, todo lo que escribiera tenía que pasar por su mirada escrutadora, y ante el gesto de incredulidad del escritor, agregó, y si no le gusta, no vuelve a trabajar conmigo. Pero eso es censura, totalitarismo, desconfianza... Llámelo como quiera. El escritor le dijo que no renunciaba y que recordara que él lo había corrido. Más tarde, citando a Fidel Castro dijo que la Historia lo absolvería. El Director replicó que parecía una mujerzuela celosa y berrinchuda al no querer retractarse de una nota. El escritor le dijo que estaba de acuerdo, pero que no iba a retractarse ni de esa ni de ninguna otra nota. El Director rubricó realmente enojado: así no va a encontrar trabajo en ninguna parte. El escritor salió de allí, después de tirar a la basura todo lo contenido en su escritorio, y renunció a bajar en el elevador. Por la escalera, a medida que descendía los cuatro pisos, se sentía aliviado en vez de angustiado, contento en vez de iracundo. Beatriz estaba en su departamento y la noticia la hizo reír tanto que terminó tirada en el piso. Era como si le hubiera dicho que se habían sacado la lotería. Habló su amigo librero, que ya tenía teléfono en su casa, y lo felicitó por pasar a la fila de los desempleados. Debía estar asustado y se sentía feliz. En el periódico leyó que luego de 34 días de huelga, por fin podía comprar otra vez coca colas. Invitó a Beatriz al cine. Pasaban *8 y medio* en uno, y en otro *La muchacha de la valija*, de Zurlini, con Claudia Cardinale. Vio una convocatoria que le hizo cosquillitas: se trataba de hacer un cuaderno de ejercicios y un libro de gramática para los estudiantes de sexto año, si ganaba, el premio era de 75 mil pesos. Pero por lo pronto ni siquiera sabía si podría cobrar el próximo viernes, aunque suponía que sí.

La beca del Centro de Escritores también estaba por terminarse. Un crítico de libros, el único semi especializado en las letras patrias, lo había llamado y ofrecido que escribiera dos columnas semanarias en un periódico de la competencia. Una se llamaría *Diáspora*, de dos cuartillas, y la integrarían noticias editoriales de todo el mundo, y la otra, *Pizarra*, de cuartilla y media, sería información sobre los nuevos libros. 200 pesos semanales. El torero le había presentado al hijo de un importante político y éste lo acompañó al periódico oficial. El joven escritor comenzó a colaborar allí, a manera de prueba, haciendo artículos de dulce, de chile y de manteca. Pero le acababan de avisar que le iban a publicar nada más tres notas por semana de tres a cuatro cuartillas y que le pagarían 50 pesos por cada una. Más deprimido que contento discutía constantemente con Beatriz y no podía ni continuar con su novela. En lo último que había escrito, Diego Rivera le decía a un periodista que lo entrevistaba: "Nunca he creído en Dios, pero sí en Picasso". En la Secretaría de Educación Pública, mientras pintaba el panel de los mineros, Diego había decidido escribir en los travesaños que cubrían la salida de la mina unas líneas de un poema de Manuel Gutiérrez Nájera. "Compañero minero, / doblegado bajo el peso de la tierra, / tu mano yerra / cuando saca metal para el dinero. / Haz puñales / con todos los metales, / y así, / verás que los metales / después son para ti." Entonces había empezado la batahola. A las acusaciones cotidianas de que las pinturas eran feas, antiestéticas, mal hechas, un desperdicio del dinero del pueblo y una difamación de México, se agregó la acusación de que el pintor invitaba al asesinato. El ministro Vasconcelos le pidió a Diego que borrase esas líneas, le dijo que no había censura sobre las imágenes pero sí sobre las palabras. Un ayudante de Diego arrancó los versos de la pared, los envolvió solemnemente, los guardó en un frasco y los enterró en el yeso fresco del mural, sobre el cual Diego volvió a trazar los travesaños. En el siguiente panel un campesino y un obrero se iban a abrazar. Y allí también pondría un poema, esta vez de Gutiérrez Cruz. Lo que le interesaba al joven escritor era la lucha por la expresión. Esta pelea se veía entre los cristeros, entre Lawrence y su sexualidad, entre Diego y su mundo. En eso sonó el teléfono y él esperaba que fuese Beatriz, pero era la secretaria de un funcionario de la Embajada Norteamericana: lo citaban para el día siguiente. Lo extraño fue que vió el reloj y ya eran las dos de la mañana. Estados Unidos compraba en esa época el 95% del tiempo de la televisión mexicana y cuatro planas por día en los 12 o 13 periódicos diarios de la Ciudad de México. Al joven escritor lo trastornó para siempre el día que los astronautas descendieron supuestamente en la Luna, porque llegó al taller del periódico y la primera plana ya estaba allí, la estaban recibiendo totalmente formada. Remitía la Embajada de Estados Unidos. Seguramente su teléfono estaría intervenido. Bueno, ya sabrían quién con quién, de entre sus amigos y amigas… Al día siguiente se presentó ligeramente nervioso y desvelado con el jefe de prensa. Se trataba de que el joven escritor hiciera un boletín para el personal de la embajada, del ACI y del FBI, y al mismo tiempo de que fuera en los periódicos una especie de avanzada de intereses. Y ¿cómo había sido que se interesaron en él? Bueno, había escrito tantas notas sobre libros norteamericanos recientes, películas norteamericanas recientes y música norteamericana reciente que pensaron que el trabajo le gustaría. Además estaba más que capacitado para hacerlo. Mientras Francia, Italia y Alemania metían a México tantas películas como películas mexicanas entraban en Francia, Italia y Alemania, Estados Unidos metía todas sus películas, las espléndidas y las peores, y las imponía incluso sobre las de producción nacional. En fin, el joven escritor se llevó las formas de solicitud y pensó guardarlas en su archivo para la nostalgia inmediata… Afortunadamente su editor le ofrecía un trabajo en su empresa y el sueldo era el mejor que podía devengar en esa época. Pero ocho horas diarias, brrr. Y pasarse todo el día sentado ante un escritorio corrigiendo planas o diseñando carátulas. Diablos. Pero entre tantas ofertas descabelladas, por lo menos esa parecía sensata y 10 mil pesos mensuales eran muy, muy difíciles de reunir haciendo gacetillas y notas bibliográficas.

Sigo al joven escritor una vez más. Va ensimismado y casi furioso, toma un taxi y en el primer semáforo le pide al chofer que espere. Corre a enfrentarse a una hermosa mujer y al ser descubierto por ella no dudan y se abrazan y besan con entusiasmo. No alcanzo a oír lo que hablan, pero me gusta su mutua excitación. Es Sarah, la novia que el poeta desvirgó un par de veces. ¿Y su bebé? En eso cambia el semáforo y el taxista toca el cláxon y el escritor empuja a Sarah e insiste en llevarla a su casa. Los seguí hasta el final de San Ángel. No paraban de hablar en todo el camino y de pronto conseguí mirar que el escritor la acariciaba bajo la falda y ella lo festejaba. Cuando llegaron a su destino se besaron largamente, un beso que él había imaginado durante años y años, y Sarah convino en llamarlo al día siguiente. El escritor estaba alborotadísimo. Le pidió al taxista que ahora sí lo llevara adonde le había dicho primero. Fue a casa de Beatriz para hablar de una vez por todas con su padre. Había llenado la solicitud de matrimonio y el papá y la mamá de Beatriz tenían que firmar. Pero su papá no llegó y el escritor decidió irse a las 12. Beatriz se quedó con los papeles para procurar la firma de su padre. Al pasar por la casa de su hermano el escritor, después de dudar un momento, se detuvo y tocó el timbre. La esposa de su hermano lloró y lo abrazó y no le dio tiempo ni de protestar. A trompicones él le dijo que lo olvidaran todo, que perdonaran y que ya vivieran tranquilos. Su sobrinita estaba dormida en un sillón. Su mamá la despertó: mira quién está aquí... Y cuando la niña lo descubrió saltó de la cama y lo abrazó con fuerza. Su hermano no estaba pero no tardó en llegar. Lo invitaron a cenar y como a las tres de la mañana lo llevaron a su departamento. Aceptaron subir y a la niña le gustó mucho un pizarrón y el tío escritor se lo regaló. La esposa de su hermano lloraba y lloraba. Como a las tres y media de la mañana tocaron el timbre y era su amigo el pintor. Su familia medio se impresionó por la hora. Pero el pintor subió y entabló de inmediato conversación con ellos y pronto se fueron todos felices. El escritor se acostó dispuesto a no levantarse sino hasta pasado el próximo mediodía. Pero como a las nueve lo despertó un viejo amigo para decirle que su hermano, el hermano del escritor, lo había invitado a una fiesta para celebrar su próximo matrimonio. La fiesta se la iban a hacer de sorpresa. Apenas colgó llamó Beatriz, que se ofreció a ir por los análisis y le dijo que su papá no había querido firmar la solicitud de matrimonio. Y peor, porque el padre había dicho que no había poder en el mundo que lo obligase a firmar eso, requisito indispensable si la contrayente era menor de edad. Hizo un coraje de antología. Pero como a las 11 ya se levantó, se bañó, perfumó, llamó a Sarah y ella le prometió visitarlo para comer juntos. Sólo que nunca se presentó, el escritor, a cada minuto que pasaba, más inquieto. Pues por otra parte los análisis tampoco estaban, y de estar, podrían recogerlos hasta dentro de una semana. Llamó de nuevo a Sarah y no la encontró. Trató de localizar al poeta pero ninguno de sus conocidos tenía su teléfono. Dos días después la encontró y Sarah convino en visitarlo esta vez a las seis de la tarde. Fue un problema, porque ese era su primer día de trabajo en la Editorial. Llegó al departamento a las 6:20, jadeando, completamente alterado, pero Sarah no estaba, ni había ido ni llegó después. Al día siguiente la llamó de nuevo. Empezaba a obnubilarse. Sólo que esta vez alcanzó a escuchar: díganle a ese señor que no estoy. Que no se haga payasa, yo sé que allí está... No, señor, no tengo por qué engañarlo, la señora no está. Salió medio enajenado y tomó un taxi, que sorpresivamente hizo muy poco tiempo hasta más allá de San Ángel. ¿Obsesionado? ¿Encaprichado? Sarah abrió la puerta, quemada por el sol, madura, interesantísima, guapa. ¿No que no estabas? ¿Yo? Si, tú. ¿Qué quieres decir?, ¿qué te pasa? Y entre zalamerías y frases hechas: es que salí, pero acabo de llegar, pásale, mi esposo no tarda en llegar. Y casi en secreto: hoy sí espérame en tu leonera y llego a las seis. El escritor se fue y ella tampoco apareció esta vez. Hicieron como 10 citas más que ella no cumplió. Para el escritor se volvió una afrenta personal. Por una parte a Beatriz la enclaustraban y la volvían inaccesible, y Sarah, su adoración cuando estudiante, no aparecía. Por eso cuando Sarah tocó una tarde a las seis él ya no la esperaba. Vino tinto, música, veladoras. Cachondeo *científico*, según él. Sarah desnuda sobre la cama. Un sueño realizado. El escritor, pura mirada. Sarah, puro recipiente por mancillar. Pero de pronto los dos interpretaban ambos papeles. Todos somos violadores y violados, inquisidores y víctimas, pues todos esperamos la salvación del cuerpo. Sarah, diosa y diablesa. Él, como el sacerdote de un culto fálico. Pero el triángulo de su sexo olía mal y el escritor se ofendió. Un olor nauseabundo que no podía pasar inadvertido. Sarah cerró bruscamente las piernas y se cubrió con las sábanas de seda negras y empezó a llorar. El escritor salió de la recámara y se puso su bata, más disgustado que frustrado... Al poco rato, los ojos hinchados por el llanto, apareció Sarah ya vestida y camino de la puerta. Ninguno dijo nada. El escritor siempre se mantenía al margen de la violencia. Y a lo peor, ese encuentro no les había convenido a ninguno de los dos... En cuanto a él y Sarah, ya lo había dicho Freud. No sabían renunciar a nada, sólo podían cambiar una cosa por otra. Y lo que parecía ser renunciamiento sólo era, en realidad, una función sustitutiva.

Faltaba una sesión más del Centro de Escritores, después de la cual el joven escritor tendría que entregar su novela completa, o lo que hubiera escrito durante el año que había durado la beca, so pena de no poder cobrar el último cheque. El escritor, desilusionado por el desencuentro con Sarah, la espera histérica del papel que debía firmar el padre de Beatriz y harto y más que harto por hacer artículos al vapor y correr a tres diferentes periódicos de la ciudad para entregarlos y, los miércoles o viernes, correr para cobrar las cifras verdaderamente honoríficas que le pagaban por eso. El escritor quería volverse a su proyecto, como terapia, y había pensado incorporar a Graham Greene, que por la misma época debía estar en México viajando por el interior de la República, principalmente por Tabasco, tomando notas para su futura novela *El poder y la gloria*. Quizás un encuentro entre Greene y Garrido Canabal, un hombre que declaraba que para ser libres era necesario destruir las raíces del virus religioso. Y peor: "¿Cómo es posible que una persona en su sano juicio pueda leer la historia sin llegar a la conclusión de que la religión y el alcohol han sido las maldiciones más grandes de la humanidad?" Para Garrido Canabal no había otros dioses que la responsabilidad y el trabajo, ni otra religión que la verdad y la justicia. Redactaba decretos para que se comiera carne los días de vigilia señalados por la religión, y organizó que se eliminaran de todos los cementerios las cruces que señalaban las tumbas, y aún peor, creó grupos de asalto que violaba.1 la privacidad de los hogares y confiscaban símbolos y libros religiosos y los quemaban todos los domingos en grandes fogatas. Estos grupos de jóvenes transformaban las iglesis en escuelas, centros de bellas artes o depósitos para las cooperativas campesinas. El equipo de beisbol de Tabasco se llamaba Ateos. Uno de los colaboradores de Garrido Canabal, Arnulfo Pérez, al hablar ante unos asambleístas se declaró el enemigo personal de Dios. Dios no existe, dicen que dijo. "¿Quieren ustedes pruebas? ¡Si Dios existiera me mataría en este mismo momento! Te doy, Dios, tres minutos para matarme. Tres minutos que mediré en mi reloj... Uno... Dos... Tres... ¿Ven ustedes? ¡Dios no existe...!" Frente a la página iniciada, el joven escritor se entusiasmaba, pero en eso sonó el teléfono y era Beatriz. Los análisis hacía varios días que estaban listos. Ella sonaba desolada y llorosa. Su mamá había descubierto una copia de las cuartillas de la novela del escritor y las había quemado entre exorcismos y ahora le prohibían encontrarlo y hablarle de nuevo. Que qué bueno que no se habían casado. La habían obligado a rezar, hincada gran parte de la tarde; le dolían las rodillas. Pero y Beatriz, ¿qué pensaba hacer? Correr a verte, le dijo. ¿Vas a estar allí? Sí, pero debo escribir. Yo te ayudo a escribir. O a des-escribir pensó cuando colgaba el aparato. Garrido Canabal había intentado hacer una Iglesia Mexicana y había fracasado. Para eliminar a los sacerdotes de su estado simplemente reglamentó que para ser sacerdote se requería ser tabasqueño o mexicano por nacimiento con cinco años de residencia en Tabasco. Haber estudiado en las escuelas oficiales. Tener buenos antecedentes morales. Estar casado. No tener antecedentes penales ni estar sujeto a un litigio. Una legislación como esa eliminó de inmediato a la Iglesia en Tabasco. El problema no era interpretar los fenómenos naturales como estados de ánimo del creador. El problema era utilizar la idea de Dios para manipular y amedrentar a las sociedades... En lugar de interpretar, juzgar y condenar: entender, tolerar, conocer... El drama de su novela era que se desperdigaba por todos lados... Cuando el día de la entrega del manuscrito al Centro de Escritores llegó, el joven escritor aún sin ningún libro publicado, entregó en una carpeta roja 12 cuartillas. ¿Qué es esto? ¿Una sinopsis?, le preguntó la secretaria del Centro. Ya nadie tiene tiempo de leer mucho, sentenció él... Y además, sentenció para sí, todo está dicho y uno llega demasiado tarde... *Tout est dit et qu'on vient trop tard*...

El escritor ya había entregado su novela, o parte de su novela, y ahora en el espacio abierto por esa entrega ya no tenía novela qué escribir o, por el contrario, no tenía otra posibilidad que la de escribir siempre esa obra imaginaria... La soledad del escritor... Venía porque siempre pertenecía, en la obra, a lo que estaba siempre antes de la obra... Su herida Blanchot... Le había hablado su hermano y le preguntó si podía cenar con él en Su Casa. Aceptó y combinaron un encuentro. Como era temprano fue a la librería y se encaramó en la escalera de mano para buscar libros raros en los estantes más altos. En eso entró el maricón habitual y desde abajo le dijo que tenía muy bonitas nalgas. El joven escritor no se amedrentó, aunque creyó enrojecer ligeramente. Al poco rato estaban los tres (el escritor, el librero, el maricón) definiendo diferentes clases de pendejos. El distraído, por ejemplo, que entraba en los restoranes y pedía un par de manos fritas mientras se iba a lavar los huevos. El carnavalesco: aquel que para hacer el amor con su esposa se tenía que disfrazar de vecino... El escritor, entre risa y risa, acumuló ejemplares de *Madre Juana de los Angeles*, *Las palabras*, *Plexus*, *Los enanos gigantes* y un par de revistas literarias. El librero los empacó y se los dio con un guiño mientras murmuraba: aquí a los toreros ya no se les cobra. Cuando volvió al departamento para esperar a su hermano se encontró al arquitecto y le pidió que se fuera en taxi a la cena, pues él necesitaba hablar a solas con su hermano. El hermano creía que Beatriz estaba embarazada o algo así. El escritor y Beatriz también tenían miedo de eso, pues la menstruación de ella se había retrasado ya cinco días. En la casa estaban sus amigos de infancia, a los que hacía seis o siete años que no veía. Vaya sorpresa. Pronto llegaron el torero y el arquitecto. Y tras ellos el actor, el músico, el pintor y su esposa. Cenaron pozole, como en sus cumpleaños de adolescencia, y todo fue muy bien. Sus amigos de antes conversaban más comodamente con su sobrina que con él. Esta vez si quería confrontar al padre de Beatriz y a cada rato se asomaban, él o sus amigos, para ver si ya había llegado. Pero dieron las tres de la mañana y no llegó. Después supo que lo había rehuído, pues había llegado como a las 11 de la noche, pero se volvió a salir y se estacionó a la vuelta de la calle y durmió en el coche para no aparecer. De cualquier modo, aún con la firma del suegro faltaba que el joven escritor consiguiera su cartilla. La presencia de Beatriz no era ninguna garantía. ¿Acaso lo múltiple se reducía a dos? Estuvieron cantando muy desafinados: perdone usted ¿éste es el tren de Chatanoga? No sea usté buey, éste es el de Monterrey... Jugaron también a cantar agregando por arriba y por abajo después de cada frase. Atiéndeme, por arriba, quiero decirte algo, por abajo, que quizás no esperes, por arriba, doloroso tal vez, por abajo... Ya casi amanecía cuando se rompió la taza, según la sobrina, y el joven escritor aprovechó para ir directamente a Palacio Nacional, dónde no pudo arreglar nada porque contestó negativamente a la pregunta de si había jurado bandera... Cuando en su departamento logró por fin desvestirse y meterse a la cama se consoló pensando que la semana siguiente iniciaría su trabajo en la editorial. Se había presentado y su futuro editor convocó a todos los empleados para que lo conocieran. Fue al despacho que le pertenecería y lo impresionó que el enorme escritorio estuviera cubierto por un cristal, y decidió poner debajo del mismo fotografías de los autores publicados por la empresa... No lograba entender la actitud de su futuro suegro. Ni la distancia que lo separaba de sus amigos de infancia. Ni aquello que lo había separado tantos años de su hermano y su familia. Pero pensaba que llegaría un día en que podría volver a esa noche y reír de tanto aspaviento y tamaños miedos... El sexo era algo cambiante, tan pronto vivo como en reposo, tan pronto ardiente como muerto... Y Beatriz tan lejos...

Lo despertó la secretaria del Centro y le pidió, alarmada, que le llevara todas las cuartillas deshechadas de su novela para presentar una carpeta más respetable. Pero, ¿cómo iba a hacer eso si había destruido las páginas? O que mandara fotocopiar las que había entregado, 20 veces por lo menos, porque si no, no iba a recibir su último pago. Le prometió hacerlo pero a la vez admitió que no podría y que perdería seguramente ese último cheque que necesitaba tanto... Comenzar su novela había sido lo más dificil, pero terminarla también era difícil, si no imposible, y lo de en medio no digamos. Ser escritor... Brrr. El insomnio diurno... La soledad insoportable... Escribir era dejar de ser para entregarse a las palabras, unas palabras que, en el mejor de los casos, podrían ser leídas por *alguien*, cuya certidumbre sería, para empezar, la propia inexistencia de uno, la desaparición de quien escribía... Sonó el teléfono y no era Beatriz, sino la bailarina, que preguntaba por el actor. Hacía semanas que no venía, o si venía nunca coincidíamos, no sé. Pero la mamá de la bailarina golpeaba puertas con mucha violencia, regañaba, vociferaba groserías porque a la bailarina se le olvidó pasar por la farmacia para comprar pastillas para dormir. Y es que su papá usaba somníferos día tras día, o noche tras noche. El escritor la invitó a comer, antes de que fuera al Centro Nocturno donde trabajaba. Ella aceptó a regañadientes, quizás sí quizás no. Y por la tarde cuando se presentó, el escritor, que no la esperaba, fue sorprendido con Beatriz, quien le susurró, en un aparte, que esta vez se iba a controlar y hasta sería simpática, a tal grado, que él iba a estar orgulloso de ella. Toda sonrisas, ligeramente sobreactuada, preparó café y sacó las galletitas de nuez que acababan de comprar en el Duca D'Este y una caja con el tablero de Serpientes y Escaleras. Beatriz dijo de chiste que quién ganara debería desnudarse. Ganó la bailarina. Y el escritor, forcejeando, consiguió desabrocharle la blusa. La bailarina pateó el escritorio y tiró la máquina de escribir. Beatriz no podía ni moverse de tanta risa. El escritor volvió a envolver a la bailarina y a duras penas logró desabrocharle el sostén. Saltaron dos senos blancos, plenos, azulados, los pezones pequeñititos y de un café pálido, erectos. El escritor la soltó y ella se cubrió rápidamente. Empezaron a levantar lo derribado. A la máquina afortunadamente no le había pasado nada. Ni un raspón. Ligeramente alejadas, Beatriz convenció a la bailarina de amarrar al escritor en la cama, desnudarlo y dejarlo abandonado allí. El escritor alcanzó a escuchar parte del plan y se enorgulleció de la argucia de Beatriz. Llegó de sorpresa el arquitecto a descomponer todo. Pero Beatriz no se amilanó para nada. Volvió a planear lo previsible y terminaron las dos mujeres amarrando a los dos varones con las cuerdas de las cortinas. Al arquitecto, amarrado y en cuclillas, lo encerraron en el clóset. Beatriz incluso intentó encerrarlo con llave, pero no encontró la llave. Luego le vendaron los ojos al escritor y sin soltarle las amarras y con gran habilidad lo desvistieron. Beatriz lo cubrió con una bata y en eso se abrió violentamente el clóset porque el arquitecto había logrado desamarrarse y se inició nuevamente la conflagración. El escritor se lanzó de inmediato sobre la bailarina y con bastante esfuerzo consiguió dominarla y quitarle por completo la blusa y el sostén. Le masajeaba los senos con cierta violencia, los sopesaba, los circunavegaba. La chupeteó también hasta vencer por completo su resistencia. El arquitecto en cambio había sido dominado completamente por Beatriz, que volvió a amarrarlo, esta vez con más nudos. Entre los tres desamarrados cargaron al arquitecto y lo desnudaron sujetándolo a la cama. La bailarina le hizo un moño con una mascada en el sexo erecto. Además le pintó groserías en el estómago y luego empezó a vestirse parsimoniosamente. El escritor le bajó la falda cuando ella se inclinó a besar al arquitecto, un beso tan retorcido que si el escritor no trata de bajarle los calzones, ella, sólo por detenerlos, tuvo que suspenderlo. El escritor salió del cuarto y escondió la falda bajo el cojín de un sillón. Esos besos le habían provocado envidia y hasta ciertos celos. La bailarina le pidió prestados unos pantalones a Beatriz y se fue renunciando a recuperar su falda. Huía. El escritor bajó tras ella, en bata, y la alcanzó antes de que saliera del edificio. Quería decirle que la deseaba, que le urgía verla de nuevo, que se sentía contento a su lado, pero en eso llegó Beatriz con la falda y se la entregó. Luego te traigo tus pantalones, gritó la bailarina. Se despidieron y Beatriz se adelantó para ver al arquitecto. Siempre le ganaba al subir las escaleras a toda carrera. Empezaron a desamarrarlo y tocaron en la puerta. Qué raro. Era la bailarina otra vez, que había olvidado su anillo. Se lo había quitado para jugar. Beatriz lo encontró en el baño e iba a devolvérselo pero el arquitecto intervino y se lo arrebató y se negó entonces a dárselo. Salió el arquitecto en cuanto terminó de vestirse y la bailarina tras él... Cuando jugaban Serpientes y Escaleras ella les había contado que su hermano la espiaba cuando se bañaba. Siempre lo hacía. Un hermano adolescente. Y un buen día ella abrió la puerta del baño y lo sorprendió. ¿Quieres verme desnuda? ¿Quieres? Y se despojó de la bata y lució su cuerpo narcisista frente al adolescente azorado y petrificado... El escritor siempre veía esas escenas domésticas con irritación. Lo asustaban como lo habían asustado las amenazas del hermano que lo había criado, los pleitos de los adultos cuando era niño, las acusaciones, las réplicas, los gritos... Todavía se mantenía afuera una poca de luz crepuscular... A esa hora empezaban apenas a trabajar el actor y la bailarina. El escritor ya no tenía trabajo al que ir, aunque sería la hora justa para ir al periódico del que lo habían despedido... Se sentía dichoso... Le gustaba Beatriz... Y la abrazó para celebrar una vez más su alegría de estar juntos, su juventud, su lujuria y su desprejuiciada libertad, su verdadera libertad... El escritor gozaba el goce inagotable de sus amigas...

Otra mañana el escritor recibía a la madre de Beatriz con Beatriz que proponían posponer una vez más la boda. La madre explicaba que Beatriz tenía una hermana imprevista, de 22 años, y en su denuncia se las arreglaba para insinuar que quizás el padre de Beatriz no era el padre de Beatriz, como en las mejores novelas del siglo XIX. Y por si fuera poco también anunciaron que esa hermana, sorpresivamente aparecida, estaba por llegar. ¿Aquí? Y en eso tocaron el timbre y eran el actor y la bailarina. Uf. Todos bebían licuados de cocoa o jugos. El actor y la bailarina se unieron al chisme y se emparejaron con la expectación cuando volvieron a tocar y escucharon la voz distorcionada del padre de Beatriz anunciándose por el interfón. Cuando entraron el escritor no lo podía creer. Esa mujer era casi la doble de Beatriz. La misma constitución, la misma mirada, los mismos ojos, sólo que menos maliciosa, un poco rural, como campesina. Venía con su esposo y con el papá de Beatriz. Nadie sabía qué decir, era un momento muy histérico. El escritor caminaba de un lado a otro. Llevaba un vaso vacío a la cocina, lo lavaba, volvía y recogía un cenicero copado de colillas. La hermana nueva de Beatriz tenía los senos un poco más grandes que los de Beatriz. Sólo había estudiado hasta segundo año de primaria. Su marido tenía una agencia de camiones de carga. Intercambiaron toda clase de información y la moraleja fue que todo se había vuelto demasiado confuso para dejar casar a Beatriz. Ahora era cuando la familia debía estar unida. Querían recapacitar, les habían movido el tapete demasiado fuerte. En fin, se fueron pero Beatriz no quiso irse con ellos. Protestó, casi lloró, y accedieron a dejarla. El escritor se comprometió a llevarla más tarde, deveras. Cuando se fueron abrieron las ventanas, recogieron el tiradero y se sentaron a la mesa de nuevo sin nada que beber ni comer. Beatriz contó la historia de su familia. La bailarina describió como había tratado de seducir a un muchacho, un varón real pero medio imbécil, y el escritor se carcajeó ruidosamente hasta que le dolieron las mejillas. Beatriz logró confundir al actor y luego la bailarina, ella y el escritor se metieron en la recámara y cerraron la puerta con llave. Encendieron la luz del baño y dejaron la puerta del baño entreabierta. Hablaba el escritor de sus ambiciones, de lo que le gustaba y lo que rechazaba. Era una catarsis. No podía con las costumbres, con la Historia, con las frases hechas, con la represión moral. Lo que estaba bien era lo que le daba gusto hacer, no lo que decía la Iglesia que estaba bien, o el Estado, o la anquilosada familia. El pasado le enviaba sin descanso mensajes. El pasado no dejaba de pisarle los talones. Todo había sido machacado millones de veces por millones de malos actores. Tendrían que crearlo todo de nuevo. Y sí, ya sabía, se decía fácil, en fin. La bailarina hablaba mucho también. La historia de su madre feroz, la del padre mujeriego. Sus miedos, sus primeras conquistas, sus planes. Que cuando llegaba a su casa se desnudaba teatralmente frente al espejo y le gustaba verse acariciándose. Beatriz de pronto le pidió al escritor que le pusiera su bata. El la desvistió sin equivocarse y tardó lo más posible en cubrirla con la bata para contemplarla. La bailarina hablaba y hablaba. La bailarina se levantó al baño y no cerró la puerta del todo, sólo la entrecerró. El escritor la mira por la rendija. Ella editorializa: Si conocemos nuestras ideas, ¿por qué no nuestros genitales y nuestras nalgas?, dijo y regresó sin la falda. Tengo ganas de abrir las piernas, agregó. No tardó en fingir que no podía desabrocharse el ligero y el escritor le pidió permiso para quitarle las medias, también el ligero. Luego le desabrochó el suéter y le quitó el sostén. La dejó solo con sus calzones. Beatriz la convenció de que se metiera en la cama. Mientras pasaba todo esto había palabras y palabras, historias inconclusas, retazos de historias, momentos, comienzos de historias completamente ajenas a lo que pasa. Después Beatriz desvistió al escritor. La bailarina elogió las piernas del joven y afirmó que esta vez le gustaba su cuerpo, que se veía muy atractivo, cachondo, viril, interesante. Dijo que le parecía que hoy le gustaba bastante. Me gustó verte subir las escaleras y ver tus nalgas muy padres. Se me ocurrió sacarte unas fotografías nada más de cuerpo, ya verás que te vas a gustar. Beatriz propuso que se acostaran los tres. El escritor en medio. Beatriz se quitó la bata. La bailarina le pidió al escritor que le agarrara un seno y paró de hablar. No puedo hablar mientras me agarran un seno, dijo. Luego le pidió permiso a Beatriz para acostarse con él. Beatriz aceptó, con expresión calculada. El escritor despojó de sus calzones a la bailarina en una lucha fingida. Todo fluía muy bien. La bailarina elogió la piel del escritor y él la elogió a ella, la disfrutaba con la mirada y el tacto. Su voz se había enronquecido por incidentes pulsionales. Pero pronto ya no tenían que hablar. Los cuerpos hablaban. Era como si los tres simultáneamente buscaran sus límites. Una región se acaloraba. Todo se mezclaba y confundía. Animal de seis brazos. La inflamación brutal de una superficie o de una tira de tejido. Humedades varias. Viscosidades. Masajes sin sentido. Caricias torcidas. Sudores. Deslizamientos sedosos de las epidermis y los tímpanos. La bailarina de pronto se desbordó y musitó Ay, Santa María, yo ni quería; y poco después, ay, san Ernesto, qué bueno está esto. Luego siguió un farfulleo emocional. Ritmos. Furias. El joven escritor penetraba a la bailarina y besaba a Beatriz. En la mano izquierda un seno de Beatriz, en la derecha un seno de la bailarina, en ese momento espléndidamente polimorfa. Concupiscentes. Su herida Miller. Varias horas después se levantaron a duchar y cenaron juntos. El actor hacía tiempo que se había ido. Eran casi las cuatro de la mañana. Cómo había corrido el tiempo... Se vistieron y acompañaron a la bailarina a su coche. ¿Y tu familia? Ya se irán acostumbrando, sentenció Beatriz. Se acostaron y levantaron a las dos de la tarde. Dormían en posición fetal, el escritor envolviendo a Beatriz, que ocupaba los espacios precisos que él necesitaba llenar. Se sentían vigilantes y vigilados, inquisidores y víctimas, utilizables y utilizados, pero querían la salvación del cuerpo.

Supongamos que no hemos dicho nada... Había una vez un joven escritor aún sin ningún libro publicado... Mintió muchas veces, como yo que lo recuerdo, y como yo que describe a este yo que lo recuerda, y como yo que pensé en llevar a cabo esta acción y yo que la llevo a cabo muchos años después de los acontecimientos que aquí se describen... Este joven escritor aún sin ningún libro publicado manipuló en su favor miles de situaciones, calló cuando no debía, fue vil e irresponsable, mentiroso, distraído e inexcusablemente arrogante, mezquino, sumiso, ridículo, absurdo... Le gustaba leer y dibujar letras y llenar páginas de palabras... Le gustaban las mujeres, inclusive las mujeres de otros... Le gustaba el intervalo que no cesaba de cambiar entre las letras y las palabras... Le gustaba leer historias ridículas de adolescencia y escuchar las ridículas historias que contaban sus amigas y sus amigos... Eran esas voces las que eran eternas... Los momentos de voces... Existían rumores de voces que lo atravesaban todo y subsistirían más allá de todo... Voces súbitamente aisladas, incesantes, ingrabables, indiscernibles... ¿Cómo se las arreglaría para no escucharlas?... Acuérdense... El mundo parecía una ininterrumpida y masiva alucinación de sordos... ¿Se acuerda?... Era tímido y parecía extraviado, el perfecto Niño Perdido, ligeramente derrotado y empecinadamente idealista y romántico, casi mesiánico... Escuchen... Pidió prestado y no pagó sus deudas... Y cuando llegaba la hora de la verdad se escondía para evitar toda posibilidad de verdad... Le gustaba parecer reservado, malicioso, sereno, distante... Tibetano... Pasarse de listo... Respiraba, cerraba los ojos, andaba por las nubes y era, al mismo tiempo, aquel niño que recorría las pérgolas de las Librerías de Cristal de mano de su hermano, y el sabio que meditaba en algún lugar de las brumosas montañas del fin del Milenio... Todas las novelas de juventud eran ridículas... No serían novelas de juventud si no fueran ridículas... Su juventud era más ridícula aún, y ¿para qué mencionar su capacidad para reescribirla?... Los minutos se acumulaban unos sobre otros... Las páginas se acumulaban también unas sobre otras... La escritura llevaba consigo el deseo de escribir y éste llevaba a la escritura, un continuo vaivén, deseo que no seguía siendo el deseo en general, sino que se desperdigaba en una multiplicidad de deseos velados o artificiosamnente desvelados... Se sentía diferente a todos y tan obtuso como todos... Ciego, sordo, ignorante y mudo como todos los cristianos... Su vida entre los humanos... Toda la gente que conocía y hablaba con él jamás había cometido un acto ridículo, jamás habían sufrido afrentas, nunca se habían equivocado... Todos ellos habían sido príncipes y reyes, capos y directores infalibles... Él esperaba una voz humana que confesara no un pecado, sino una infamia, que contara no una valentía, sino una cobardía... Su herida Pessoa... También había escrito, a su tiempo, una novela sobre su juventud ridícula... Las novelas de juventud, si había juventud, tenían que ser ridículas... Otra vez Pessoa... Se veía rechazado, excluido de lo que escribía... Ser escritor era como ser Narciso en la medida en que Narciso era anti Narciso: aquel que llevaba y sobrellevaba el alejamiento... Alejado de sí... Muriendo por no-reconocerse... Dejando las huellas de lo que nunca tuvo lugar... Pero la luz acabaría por surgir en los pasillos del negro laberinto... Todo lo velado será develado, todo lo escondido será revelado, todo lo indescriptible será descrito... Su vida no se parecía a ninguna otra en cuanto al sentimiento de estar aquí, en esta página, para siempre, con todo detalle, día tras día, inútilmente... A muchos les gustaría que él estuviera aquí para algo... Que se exista y se actúe para algo... Que se piense en función de los demás para algo... El joven escritor se rehusaba y se rehusa y seguirá rehusándose... No, no y no... Nothing, nada, niente, nicht, nitchevo, nanay..., naranjas... Al final, sólo las criaturas que nunca escribieron ni leyeron novelas de adolescencia serán las únicas ridículas... Al escritor sin ningún libro publicado qué le importaba, mientras escribía, que sus páginas sonasen ridículas... La verdad es que hoy hasta sus memorias de esas tardes de amor son ridículas... ¿Quién en este vasto mundo le confesaría que fue un pendejo? ¿Él era el único equivocado y jodido sobre este planeta?... Él, que hablaba con sus superiores siempre titubeando, siempre asustado... El, que nunca supo apreciar el valor del dinero y su acumulación, distraído por las mujeres, la sensualidad, la literatura... La cosa fácil... Decía Pessoa, una de las veces en que fue Alvaro de Campos: "Yo, que he sido vil, literalmente vil, vil en el sentido mezquino e infame de la vileza..." Yo también ya fui escritor joven sin ningún libro publicado... Denme el don de la palabra precaria... El padre de Beatriz vociferando furioso, manoteando, gritándole groserías como si le arrojase gargajos, contradiciéndolo, oponiéndosele resueltamente, humillándolo, castrándolo... Su eterno ruego a ellas para que vivieran mientras él moría... Su único problema era el de la circulación de su sangre... ¿Cómo podía quejarse en plena Ciudad de México, con agua corriente, electricidad, elevadores, aviones, teléfonos, radio, televisiones, librerías, historia, tranquilidad pública, partido oficial y todas las comidas, los antojitos y bebidas del mundo?... ¿Se iba a permitir aún estados de ánimo?... Pretendería ser grotesco por lo menos dos veces por día... O tres... Era necesario que lo creyeran perdido, derrotado, desorientado, engañado... Mientras tanto él gozaría de la danza de los siete velos y de la gran orgía de los recovecos... Tú, que no lo oyes, pon tu mano sobre su ridículo corazón... Ninguna palabra era mejor que otra... Sé juicioso, ya serénate, ya reléjate, ya duerme... Es de noche... Quería leer todos los libros, ver todas las películas, escuchar todas las músicas... Y la carne no era en absoluto precaria, y todos los libros se le ofrecían para que los leyera de nuevo con franca insolencia... Ya duérmete... ¿Para qué nos sirven tantas novelas?... Y las mujeres que amó sin esperanza... Tus deseos son revolucionarios porque siempre quieres más conexiones y más agenciamientos... ¿Qué le ha impedido morir hasta ahora?... Ciudad insípida y necia... Y los libros que nunca escribió... Y las derrotas que había sufrido el muy idiota... Una vida no se podía desplegar sencillamente... Si uno despliega su vida, puede sacudirla como una alfombra totalmente sucia, y a nadie le gustaría que se la sacudieran en la cara... Su herida Bernhard... Los años y días difíciles, las semanas insoportables, los inviernos eternos... Las temporadas sin trabajo, sin mujeres, sin amigos, sin ritmo...

Las primaveras que tardaban en llegar... Las enfermedades, los decaimientos, el deterioro implacable, los cataclismos, los accidentes, las canas... Y las equivocaciones, las inadvertencias, las distracciones, su mala leche, su mala fe, su mala conciencia... Y los insomnios... Uno podía mantener en casa los libros y solo mirarlos... Tenía tantos libros que no cabía ninguna esposa... Era adicto a la escritura... Se había vuelto enfermizo... La escritura también era una droga... Pasaba semanas sin escribir nada... Odiaba a las palabras... Podían pasar años sin que escribiera nada... Sólo el deseo de escribir sobre el deseo... Tenía miedo... Había gente que mentía tanto... Y la televisión encendida y todos esos confusos y aturdidos políticos y comentaristas... Las canciones idiotas, los programas grabados, las series repetidas, dobladas al español... Y los grandes, enormes silencios... Silencio sobre los crímenes políticos, silencio sobre el origen de las riquezas, silencio sobre las cantidades de muertos en las noticias de matanzas o de desastres naturales, silencio sobre el peligro de las epidemias, de la contaminación, silencio sobre el amor...

Y lo que le quedaba por decir...

Este libro se imprimió en
Mexicana Internacional de Impresiones, S.A. de C.V.,
en Diciembre de 1997, con un tiraje de 5,000 ejemplares,
Venado 104, Col. Los Olivos C.P. 13210 México, D.F.